KB270435

서문문고
150

뜻대로 하세요

셰익스피어 지음

김 재 남 옮김

As You Like It

by

William Shakespeare

차 례

해 설

김 재 남

≪뜻대로 하세요(As You Like It)≫는 1599~1600
년 무렵에 제작된 것으로 추정되고 있다. 그리고 초연 연
대도 이 무렵으로 추정되고 있다. 1600년 8월 4일자로
이 극의 출판 저작 등록이 당국에 신고된 바 있는데, 이것
은 판권 소유자인 '궁내 대신 소속 극단'이 타인의 무단 출
판을 막기 위한 조치인 듯하다. 이 극은 이런 조치가 필요
할 만큼 당시에 매우 인기가 있었던 모양이다.

최초의 출판은 1623년의 제1 이절판 전집에서이며, 출
처는 토머스 로지(1558~1625)의 산문 〈로잘린드〉였다.
목가적인 세계를 배경으로 하여 ≪뜻대로 하세요≫라는 제
목이 붙여져 있음에도 불구하고, 비극기에 접어들 무렵의
희극이니만큼, 목가적 전원극치고는 자못 심각한 문제점들
을 안고 있다.

세익스피어의 비극이 인간 고뇌의 우수적인 문제를 다
루고 있는 데 대하여 희극은 인간 사회의 즐거운 면 이외

에도 어리석은 면을 다루고 있다. ≪뜻대로 하세요≫도 그러하다. 그리고 이 희극에서는 악도 다루어지고 있는데, 이 극은 전원극에 속하는 낭만 희극이면서도 개막 초부터 무질서가 난무하는 하극상의 궁정 분위기를 우리 앞에 전개시켜 준다. 신하가 왕위를 찬탈하고, 형제끼리 골육상잔하고, 미덕이 적이 되는 등, 이것들은 무질서의 분위기이며, 또 이 무질서는 악으로부터 싹튼 것이다. 그러나 이 극의 중심적 배경인 아덴 숲의 생활은 그러한 부패한 궁정의 생활과는 대조적이다. 이것은 궁정 대 전원이라는, 셰익스피어가 즐겨 다루는 테마이기도 하다.

제1막 제1장에서 올리버가 씨름꾼 찰스에게 "전 공작님은 대체 어디에 살고 계실까요?" 하고 묻는 말에 대하여 찰스의 대답은 이렇다. "소문에는 벌써 아덴의 숲에 가서 명랑한 여러 부하들과 같이 지내신다나요…… 그리고 (중략) 소문에는 많은 젊은 신사들이 매일같이 모여들어, 마치 황금 세계같이 한가하게 시간을 보내고들 있다나요."

여기에서 '황금 세계'라 일컫는 말은 옛날에 있었던 '황금 시대'라는 뜻으로, 그것은 사람들이 이상적인 행복과 번영을 누리던 시대이다. 중상 모략도 전쟁도 무기도 없으며, 음식은 노력하지 않아도 저절로 생기는 세계를 말한다. 그래서 우리는 아덴 숲을 마치 행복과 기쁨과 안락만이 존재하는 목가적 장면으로 착각하게 된다. 그러나 제2막 초에 아덴 숲에 들어가보면 이 숲이 전혀 그렇지 않다는 것을 깨닫게 된다. 앞에서 인용한 구절에서 찰스가 '소문에' 라고 두 번이나 강조하고 있는 것을 보면, 그가 소문이나 풍설에 의거하여 아덴 숲 얘기를 하고 있음을 알 수 있다. 아무튼 이 숲은 궁정에서는 머나먼 곳인 듯하다. 궁정에서 이 숲을 찾아오는 사람들은 올랜도 외에도 로잘린드·실리아·애덤·터치스턴·올리버. 모두들 아주 지쳐 버린 사람들이다.

　세익스피어는 이 아덴 숲을 정신적 회복의 장소로 상징하고 있는 듯하다. 위의 인물들은 무질서와 악의 환경에서

온 사람들인데, 정신적 회복의 필요성이 육체적 피로로 상
징되어 있다고 볼 수 있다. 그러나 동시에 셰익스피어는
문제를 현실적 면에서도 다루고 있다. 로잘린드 같은 소녀
나 애덤 같은 노인이 여행에 지친다는 것은 당연하다치더
라도 올리버와 같은 장정까지도 지쳐서 이 숲에 도착하는
것을 보면, 이 숲은 궁정에서부터 꽤 먼 곳이며, 고된 길
인 듯하다. 그러니까 아덴 숲에 관한 앞서의 찰스의 이야
기는 순전히 소문에 지나지 않는다. 실제로 우리가 이 숲
에 발을 들여놓고 보면 소문과는 전혀 딴판인 것을 알 수
있다.

우리가 아덴 숲에서의 생활의 물질적 고난을 인식하지
못하면, 아덴 숲과 궁정 사이의 차이를 완전히 이해하지
못할 것이다. 추방된 형 공작은 아덴 숲을 '이 쓸쓸한 도시'
라고 말하고 있고, 이 숲을 찾아온 다른 인물들의 입에서
도 '쓸쓸한(desert)'이라는 말이 많이 쓰어지고 있다. 이
말은 셰익스피어 시대에는 도시와는 반대적 의미로 '인적

이 드문'이라는 뜻이었다. 그리고 이 극에서는 '황량한', '버림받은', '야만의' 등등의 용어가 이 숲과 관련해서 씌어지고 있는데, 그러한 용어들이 전달하고자 하는 의도는 명확하다. 여기서 우리는 명백히 두 개의 기본적인 반대 명제를 본다. 물질적 안락은 있으나 도덕적으로 부패한 찬탈자, 동생 공작의 궁정과 물질적으로는 부족하나 순결한 아덴 숲, 이 두 개의 반대 명제는 곧 악의 생활과 선의 생활의 대립이다. 그러나 물론 문제가 그렇게 흑백을 가리듯이 단순한 것은 아니다.

그러나 아덴 숲은 극 안에 그 자체의 비판자들을 가지고 있다. 첫째는 염세가 제이퀴즈가 그러하다. 제2막 제5장에서 에미언즈가 저 유명한 〈푸른 숲〉밑에서'의 노래를 불러 아덴 숲의 생활을 찬양하자, 제이퀴즈는 그 노래를 받아서 꼬집는데, 궁정의 안락한 생활을 버리고 아덴의 가혹한 생활을 찾아온 형 공작이나 그 일행을 모두 바보라는 뜻으로 비꼰다. 그러나 셰익스피어는 극 중에서 또한 이 염세가 제이퀴즈를 풍자하기도 한다. 터치스턴 역시 아덴 숲의 비판자이다.

어릿광대 역인 터치스턴은 곳곳에서 아덴 숲을 비판하고 있다. 그는 ≪리어 왕≫에서의 바보 역과 같은 계열의 현명한 바보에 속하는데, 흔히, 현명하다는 사람들노 진실을 파악하지 못할 때에 그는 진실을 파악할 수 있는 그런 종류의 바보이다. 그런데 터치스턴과 ≪리어 왕≫의 바보 역을 관련시키는 데 있어 우리가 유의해야 할 점은, 셰익스피어는 ≪뜻대로 하세요≫나 ≪리어 왕≫에서, 부패했더라도 안락한 생활이 부패하지 않은 가혹한 생활보다는 실제로는 더 좋다고 우리에게 말하고 있는 것이 아니라, 터치스턴이나 ≪리어 왕≫의 바보 역을 통하여 셰익스피어가 노리는 진의는, 아덴 숲으로의 도피나 폭풍우 속으로의 돌입 그것 자체는 찬성할 것이 못되지 않는가 하는 뜻이다. 터치스턴이 아덴 숲에 관해서 한 비판은 그런 정도까지가 진실이다. 그러나 물론 형 공작 일행이 버리고 도피한 악이 긍정적인 것은 아니다.

　동생 공작의 부패한 궁정과 아덴 숲을 비교할 때 아덴 숲이 도덕적으로는 훨씬 나은 곳으로 여겨지고 있다. 이 점을 일단 확정지어 놓고, 이 전제 위에 서서 셰익스피어는 아덴 숲에 대한 반대 의견을 제기한 것이다. "우리가 어떤 부패한 세계에 직면했을 때, 그 세계로부터 도피하는 것만이 능사는 아니다" 라고 그는 이 극에서 주장하고 있는 것이다. 극이 끝날 무렵엔 아덴으로 도피해 온 일행은 거의 모두 다시 궁정으로 되돌아간다. 이제 궁정의 분위기는 확실히 순화된다. 이 순화의 동기는 아덴 숲의 정신적 분위기가 마련해 준 것이다. 이렇듯 아덴 숲은 그러한 순화의 동기를 마련해 준다는 점에서 그 자체의 존재의의를 정당화시킬 수 있는 것이다. 동생 올랜도를 죽이려고 이 숲을 찾아온 올리버나, 형 공작 일행을 토벌하러 온 동생 공작은 이 숲에 와서 그들의 나쁜 마음을 버리고 개전하는데, 이 숲은 그러한 개전을 자연스럽게 마련해 주는 정신적 성역이다. 그뿐 아니라 그러한 정신적 분위기는 이 숲 바깥에까지 순화의 힘을 미친다. 그리하여 이 극에서 도피주의를 비난하고 있다.

또한 이 숲에서는 녯 쌍의 애정 문제가 다루어지고 있다. 애정 문제는 셰익스피어 희극에 반드시 있는 주제이다. 아덴 숲은 목동 실비어스와 목녀 피비가 살고 있는 땅이기도 하다. 이 두 남녀에게서 우리는 육체를 떠난 정신적 연애인 중세의 로맨스, 즉 목가적인 연애 문학의 인습적인 모습을 본다. 시골뜨기 목동 실비어스는 목녀 피비를 여신인 양 연모하며, 못생긴 주제에 목녀는 목동의 연모를 쌀쌀하게 거절한다. 이들은 설화 문학의 상투적인 말들을 입에 올리며, 둘 다 자기 망상에 빠져 있다. 이 극에서 이들 두 사람 역시 풍자되고 있는 것이다.

이 두 사람 사이의 현실적 상황을 정확히 관찰하는 사람은 로잘린드로서, 그녀는 목녀에게 충고하기를, 팔릴 수 있을 때 팔라고 한다. 그리고 로잘린드의 눈엔 목동 또한

'어리석은 목동'으로로밖에 비치지 않는 것이다. 그래서 그녀는 자부심에 빠져 있는 목동과 목녀를 힐책하며 현실을 직시하라고 충고한다. 이렇듯 자기 망상과 자부심은 백일하에 드러난다. 이 점에선 터치스턴도 로잘린드와 같은 생각이다. 그뿐 아니라, 터치스턴은 로잘린드와 밀접한 관계를 가지고, 이 극이 전개하는 근대적 로맨스의 실질적인 토대가 되고 있다. 터치스턴이 사랑한 일이 있었다는 제인 스마일이나, 그가 아덴 숲에서 아내로 맞은 추녀 오드리 같은 여자는 세련되지도 못하고 예쁘지도 않으나 적어도 현실적인 인물이다. 그런데 올랜도의 연정 또한 아덴 숲에서 호의의 풍자를 당하고 있다. 로잘린드를 연모하는 나머지 숲속의 나무에마저 빈약한 연가들을 걸어 놓는 따위의 행동이 그것이다.

그런데 시인은 그러한 로맨틱한 사랑을 반대하거나, 모든 남성은 터치스턴처럼 현실에 입각하여 오드리 같은 추녀를 아내로 맞으라는 것이 아니라, 로맨틱한 연인들 사이에서 흔히 보이는 무절제한 어리석음을 풍자하고 있는 듯하다. 어리석은 로맨스적인 연인들의 마음속에 깃들여 있는 비현실성을 셰익스피어는 공격하고 있는 것이다. 제인 스마일이나 오드리 같은 여자는 현실적이다. 그러나 이 여자들이 현실적 자세의 전부는 물론 아니다. 중세의 설화적인 연애로부터 어리석은 비현실이 제거된 상태의 연애, 즉 연애와 결혼이 조화 융합된 구대적인 상데, 이러한 자세의 남녀 애정을 셰익스피어는 이상적으로 생각한 것이다. 그것이 여기서는 로잘린드를 통하여 실현되었으며, 이것은 이 극을 비롯하여 낭만 희극에서도 그가 추구한 주제이다.

이 극은 여러 모로 인간 사회를 비판하는 면을 가지고 있다. 인간의 악과 어리석음이 여실히 폭로되고 있다. 그러나 그 비판의 양상은 자못 복잡하다. 더 실례를 들면, 정신적 오아시스라 할 아덴의 숲은 목동 코린의 주인, 저 탐욕스런 주인의 거주지이기도 하다. 그리고 터치스턴은 아덴을 풍자할 뿐 아니라, 또한 궁정도 풍자하고 있다. 그러므로 우리는 셰익스피어의 희극을 다룰 때 언제나 흑과 백을 가려내듯이 다룰 수는 없다. 가령 어떤 인물이나 어떤 생활은 어떤 표준에 의하여 비판되며, 이 표준 또한 비판의 대상이 되는 것이다. 이 극의 경우, 처음의 궁정 생활은 아덴 숲속의 생활과 비교·비판되고 있다.

그러나 아덴 숲의 생활 또한 파탄되고 만다. 그리하여 처음의 궁정 생활이 수정되어 새로운 제3의 생활, 즉 순화된 궁정의 생활이 오게 되는데, 이 제3의 생활은 제2의 생활, 즉 아덴 숲의 생활의 영향을 받아 이루어진 것이다.

뜻대로 하세요

전 5 막

▨ 장소와 나오는 사람

장   소
올리버의 집. 프레드릭 공작의 저택. 아덴 숲.

나오는 사람들
전 공작 동생에게 영토를 빼앗기고 아덴 숲에 가서 사는 사람
프레드릭 형 공작의 영토를 빼앗은 새 공작
에미언즈
제이퀴즈 } 추방당한 공작을 따르는 귀족
르 보오 프레드릭의 신하
찰스 프레드릭의 씨름꾼
올리버
제이크스 드 보이스 } 롤랜도 드 보이스 경(卿)의 아들
올랜도
애 덤
데니스 } 올리버의 하인
터치스턴 어릿광대
올리버 마텍스트 경 목사
코린
실비어스 } 양치기
윌리엄 오드리를 사랑하는 시골 청년
하이맨 결혼의 신으로 분장한 사람
로잘린드 전 공작의 딸
실리아 새 공작의 딸
피비 양치기 처녀
오드리 시골 처녀
그 밖의 귀족·시종·시동

제 1 막

제 1 부

제 1 장

올리버의 집 뜰.
올랜도와 애덤 등장.

올랜도 이봐요, 애덤, 난 이렇게 기억하고 있어. 아버진
유언으로 하찮은 돈이지만 천 크라운을 몫으로 남겨
놓으시고, 또 자네 말마따나 형님에게 축복을 해주시
면서 나를 잘 양육하도록 유언해 놓으신 걸로. 그런데
그게 내 불행의 시초거든…… 작은형 제이퀴즈는 학
교에 보내 주고, 성적도 매우 좋다는 소문인데, 나는
그저 시골뜨기같이 집에다 내버려 두고 있거든. 아니,
집에다 방치해 두고 있는 거지. 이걸 나 같은 태생의
신사에게 알맞는 양육이라고 할 수 있겠나? 이건 소
를 우리에 가둬 두는 것과 마찬가지 아닌가? 형네 말
[馬]들이 오히려 더 좋은 대우를 받고 있거든…… 그
것들은 잘들 먹어서 번질번질하고, 게다가 길들이기
위해서 비싼 돈을 주고 기수(騎手)까지 고용한단 말
이야. 그러나 동생인 난, 단지 형네 집에서 크는 것
뿐, 아무것도 누리지 못하고 있거든. 그까짓 은혜쯤은
쓰레기통을 파먹는 형네 가축들도 나만큼은 받고 있

어…… 듬뿍듬뿍 주는 것은 아무것도 없을 뿐만 아니라, 자연이 내게 내려 주신 것조차 뺏아갈 것 같은 눈치란 말야. 머슴들하고 같이 식사하게 하고, 동생 대우를 해주기는커녕 어떻게든 날 못 쓰게 길러서 선량한 천성을 파괴하려고 들거든…… 이봐요, 애덤, 이것이 나는 슬프단 말야…… 우리 아버지의 정신이 내 몸 속에 배어 있는 것 같은데, 그 정신이 지금 같은 노예상태에 반항하기 시작한단 말야…… 이젠 더이상 참지 못할 것 같아. 지금 형편으로서는 어떻게 하는 것이 이것을 피할 수 있는 좋은 방법인지도 모르지만.

올리버가 뜰에 등장.

애 덤 저기 주인양반이, 도련님의 형님이 오십니다.

올랜도 자, 애덤, 저리 비켜서서 형이 얼마나 날 모욕하는가를 좀 들어 보게나. (애덤이 저만큼 물러선다)

올리버 넌 이런 데서 뭘 하고 있어?

올랜도 아무것도 안하고 있어요. 뭘 하는 것을 아무것도 배우지 않았으니까요.

올리버 그럼 뭘 부수고 있어?

올랜도 예, 난 빈둥빈둥하면서 형님을 도와 하느님이 만드신 형님의 보잘것없는 동생을 부수고 있는 중이지요.

올리버 원, 일이나 하고 함부로 나타나지 마.

올랜도 그럼 난 형님네 돼지나 먹이고, 껍질이나 먹고 있으란 말이오? 내가 무슨 낭비를 했기에 그런 궁색한 꼴을 당해야 합니까?

올리버 아니, 여기가 어딘 줄이나 아냐?

올랜도 예, 잘 알고 있어요. 형님네 마당이죠.

올리버 대체 네가 누구 앞에 있는 줄이나 아냐?

올랜도 예, 내 앞에 있는 분이 날 알고 있는 것보다는 더 잘 알고 있죠…… 형님이 내 큰형님임을 난 인정합니다. 그러니 형님도 양반집 태생답게 날 인정해 주셔야 합니다…… 어떤 나라에서나 세상의 습관상, 물론 형님은 내 손위입니다, 가장 먼저 태어나셨으니까요. 그러나 그 같은 전통이 내 혈통을 지워 버리진 못합니다. 형님과 나 사이에 형제가 이십 명 있어도 말입니다. 내 속에는 형님 속과 동등하게 아버지가 살아 계십니다. 그야 물론 먼저 태어나신 형님이 아버지와 인연이 가깝다는 것쯤은 나도 인정합니다.

올리버 요것 보게! (동생을 때린다)

올랜도 허, 허, 큰형님 기운으론 나한테 맥도 못 씁니다.
          (형의 목을 잡는다)

올리버 임마, 네가 감히 내게 손을 대? 악당 같으니!

올랜도   난 악당이 아니오. 난 롤랜도 드 보이스 경의 막
   내아들이오. 그분이 내 아버지신데, 그분에게 악당을
   낳았다고 하는 자가 몇 배나 더한 악당이오…… 정말
   이지 친형만 아니라면, 이쪽 손은 목에서 떼지 않고
   다른쪽 손으로 그런 말을 뇌까리는 혓바닥을 뽑아 놓
   고 싶지만…… 형님은 형님 자신에게 욕을 한 거예요.
   (애덤이 앞으로 나선다)

애 덤   두 분 주인양반, 제발 아버님을 생각하셔서, 의좋
   게 지내십시오.

올리버   (몸부림을 하면서) 놔, 놓으라니까.

올랜도   내 분이 풀릴 때까진 못 놓겠소. 좀 돌이켜 보시
   오…… 아버지는 형님에게 내게 좋은 교육을 시켜 주
   라고 유언하시지 않았소? 그런데 형님은 날 머슴처럼
   대우하고, 신사다운 교양은 나와 완전히 거리가 멀게
   만들어 놓지 않았소?…… 내 안에 있는 아버지의 기
   질이 강해져서, 이젠 더 참을 수가 없어요. 그러니까
   신사에 알맞는 교양을 습득케 해주세요. 싫으시다면,
   아버지가 유언으로 남겨 주신 얼마 안 되는 내 몫이
   나마 주세요…… 그걸 가지고 난 신세를 개척하러 나
   가 볼 테니까요. (형을 놓아 준다)

올리버 그래, 그 돈을 가지고 뭘 할 참이냐? 그 돈이 다

떨어지면 구걸하려고?…… 좋다. 아무튼 안으로 들어
가자. 이젠 너하고 싸우기도 싫다. 네 몫의 유산을 좀
나누어 주겠으니, 제발 날 괴롭히지 마라.

올랜도 내 몫만 찾으면 더이상 괴롭히지는 않을 거요. (가
려다 돌아선다)

올리버 자네도 같이 가, 이 늙은 개 같으니.

애 덤 '늙은 개'가 제 몫인가요? 딴은 그렇죠. 전 나리네
시중드느라고 이도 빠져 버렸으니까…… 하느님, 돌
아가신 큰나리님을 보호해 주소서! 큰나리님은 그런
말을 쓰지 않았습니다. (올랜도와 애덤 퇴장)

올리버 사태가 이렇게까지 됐나? 나한테 이렇게 뻔뻔스러
워졌단 말인가? 오냐, 두고보자, 맛 좀 보여 줄 테니.
천 크라운을 누가 줄까 보냐…… 여봐라, 데니스!

데니스가 안에서 나온다.

데니스 부르셨습니까?

올리버 공작님의 씨름꾼 찰스가 날 만나러 오지 않았더
냐?

데니스 예, 그분이 지금 문간에 와서 주인님을 뵙고 싶어
합니다.

올리버 들어오시라고 해라. (데니스 퇴장) 좋은 생각이야……

내일 씨름이 있거든.

데니스가 찰스를 데리고 등장.

찰 스 안녕하십니까?

올리버 아, 찰스 씨…… (서로 인사를 한다) 대궐에는 무슨 새로운 소식이라도 있소?

찰 스 대궐에는 새 소식은 없고 묵은 소식뿐입니다. 전 공작님이 동생인 새 공작님에게 쫓겨나고, 전 공작을 경애하는 서너 명의 귀족들이 그 뒤를 따라 자기네 스스로 추방당한 신세가 되었답니다. 그분들의 토지와 수입은 자연히 새 공작님의 손으로 들어오므로, 새 공작님은 그분들의 방랑을 오히려 모른 척하고 계십니다.

올리버 혹시 전 공작님의 따님 로잘린드가 아버지와 같이 추방됐는지 어쩐지 아시오?

찰 스 아 예, 새 공작님의 따님인 사촌동생이 요람 시절부터 같이 자란 사이라서, 어찌나 사촌언니를 사랑하는지 자기도 같이 언니를 따라가든가, 혼자 남을 경우라면 차라리 죽어 버리겠다는 겁니다…… 그래서 그 아가씨는 대궐 안에 머무르고, 삼촌에게 친딸과 마찬가지로 귀여움을 받고 있답니다. 아무튼 이 두 여성같이 서로 사랑하는 여성은 이 세상에 없을 겁니다.

올리버 전 공작은 대체 어디에 살고 계실까요?

찰 스 소문엔 벌써 아덴의 숲에 가서 명랑한 여러 부하들과 같이 지내신다나요. 그리고 저 옛날 영국의 의적(義賊) 로빈 훗처럼 그곳에서 생활한다나요. 그리고 또한 많은 젊은 신사들이 매일같이 모여들고, 마치 옛날의 황금 시대같이 한가하게 시간을 보내고 있다나요.

올리버 그런데, 당신은 내일 새 공작님 앞에서 씨름을 하신다죠?

찰 스 아, 그렇습니다. 실은 그 일에 관해서 좀 여쭐 얘기가 있어서 찾아왔습니다…… 은밀히 듣자니, 댁의 동생 올랜도가 이름을 바꿔서 나와 승부를 겨루어 볼 모양입니다. 그런데 내일 난 내 명예를 걸고 승부를 할것인데, 팔다리가 안 부러지고 나에게서 빠져나간다는 건 여간한 명수가 아니고서는 불가능할 것입니다. 댁의 아우님은 아직 어리고 연약한데다가 댁에 대한 호의로 봐서도 넘어뜨릴 생각은 없습니다만, 도전해 온다면 내 명예상 어쩔 수 없습니다. 그래서 댁에 대한 친절한 마음에서 이렇게 사정을 알려 드리러 온 것입니다. 그러니까 아우님의 계획을 막아 주십시오.

만약 못 막으신다면 아우님이 받을 치욕을 견뎌 주시기 바랍니다. 그건 아우님이 스스로 자처한 치욕이지 나의 본의는 아니니까요.

올리버 아, 호의는 참으로 고맙소. 머지않아 깊이 보답해 드리겠습니다…… 내 아우의 의도를 벌써 알고, 사람을 시켜서 하지 말도록 손도 써봤습니다만, 그애가 어찌나 결심이 굳던지요…… 찰스 씨, 말해 두지만…… 그앤 프랑스에서 제일 가는 고집쟁이라오. 야심에 불타고, 남의 장점만 보면 시기해서 겨루려고 하고, 혈육을 나눈 이 형한테도 은밀히 나쁜 음모까지 꾸미고 있소. 그러니까 댁의 처분대로 하시구려. 손가락은 고사하고 목이라도 부러뜨려 줬으면 시원하겠소…… 그러나 조심하셔야 합니다. 만약 당신이 그애에게 섣불리 창피를 주거나 혹은 그애가 당신을 넘어뜨려 충분한 명예를 얻거나 하지 못하는 경우에는, 그애가 당신을 독살할 음모를 꾸미거나 무슨 음험한 계략 속에 몰아넣거나 해서, 어떤 수단으로든지 당신의 목숨을 뺏어 버릴 때까지는 절대로 당신을 가만 두지 않을 테니까요. 눈물이 나올 애깁니다만, 정말이지, 오늘날 젊은이들 중에 이렇게까지 나쁜 놈은 처음 봤습니다…… 그래도 형제간이라고 두둔해서 말했지만, 그애의 정체를 사실대로 말한다면, 난 얼굴이 붉어지고 울음이 터질 것이며, 당신은 파랗게 질리고 말 것입니다.

찰 스 댁을 찾아뵙기를 참 잘했습니다…… 내일 씨름을 하러 나오면 톡톡히 맛을 좀 보여 줘야겠습니다. 그 사람이 제 발로 일어서는 날이면, 난 상금타기 씨름은 다시는 하지 않겠습니다. 그럼 댁에 신의 은총이 내리소서!

올리버 그럼 잘 가오, 찰스 씨…… (찰스, 인사를 하고 퇴장) 이제 그 애송이 씨름꾼을 선동해야지. 제발 이것으로 그 자식이 죽어 줬으면 좋겠어. 왠지 그 자식만큼 진심으로 미운 놈은 없거든…… 그러나 그 자식은 점잖고, 학교에도 안 다녔는데 유식하고, 훌륭한 분별력을 가지고 있고, 누구한테나 무척 귀여움을 받아서 사실 완전히 세상의 인기를 얻고 있거든. 더구나 그 자식을 잘 아는 내 하인들도 따르고 있고. 덕분에 난 완전히 무시를 당하고 있지. 그러나 그것도 이제 오래가지는 못하렷다…… 아까 그 장사가 모든 일을 해결해 줄 테니까…… 이제 내가 할 일은 그 애송이놈을 선동해서 시합에 나가게 하는 일뿐이다. 그럼 착수해 볼까. (안으로 들어간다)

제 2 장

공작 저택 앞 잔디밭.
로잘린드와 실리아 등장.

실리아 로잘린드 언니, 명랑해지세요, 네.

로잘린드 애, 실리아야, 난 항상 명랑하잖니. 이보다 더 명랑하란 말이니? 추방당한 아버지를 잊는 방법을 가르쳐 주지 않는 한, 아무리 굉장한 기쁨을 느끼도록 가르쳐 주어도 안 될 말이야.

실리아 그렇다면 알겠어요. 언닌 내가 언닐 사랑하는 만큼 날 사랑하지 않는군요. 만약 내 큰아버지, 추방당한 언니 아버지가 언니의 작은아버지, 공작이신 우리 아빠를 추방했더라도 언니만 나랑 같이 있어 준다면 난 언니에 대한 사랑을 가르쳐서, 언니 아버질 친아빠같이 생각할 수 있을 거예요. 그러니까 언니도 나같이 생각할 수 있을 것 아녜요. 나에 대한 사랑이 내가 언니에 대한 사랑처럼 진실로 순수하다면 말예요.

로잘린드 그럼 난 내 신세를 잊고, 네 처지를 기뻐해야겠구나.

실리아 우리 아빤 나밖에 자식이 없고, 앞으로 더 낳을

것 같지도 않아요. 그러니까 우리 아빠가 돌아가시면
틀림없이 언니가 상속자가 될 거예요. 우리 아빠가 언
니 아버지에게서 강제로 빼앗은 것을, 난 사랑으로 언
니에게 돌려 드릴 테니까요…… 내 명예를 걸고 말하
지만 난 기어이 그렇게 할 테야. 내가 이 맹세를 깨뜨
리는 날이면 난 괴물로 변해도 좋아요. 그러니까, 자,
로즈 언니, 우리 로즈 언니, 명랑해지세요. 응?

로잘린드 응, 이제부터 그렇게 하겠어. 그런데, 무슨 심심
풀이라도 좀 생각해 보자꾸나…… 저…… 연애를 하
는 건 어떻게 생각하니?

실리아 해보세요, 그걸 심심풀이로 생각하신다면. 하지만
정말 진심으로 남자를 사랑해선 안 돼요. 그리고 좀
얼굴을 붉힐 뿐, 순결성은 안전하게 지키고서 되돌아
올 수 있는 정도의 심심풀이를 넘어선 안 돼요.

로잘린드 그럼 우린 무슨 심심풀이를 하면 좋을까?

실리아 이렇게 앉아서 저 착한 주부(主婦), 운명의 여신을
조롱하며 그녀의 수레바퀴를 잡아매 놓고, 이제부터
는 그녀의 혜택을 누구나 골고루 입게 되나 봅시다.

로잘린드 그렇게라도 해봤으면 좋겠어. 운명의 여신의 혜
택은 조금도 공평치가 못하고, 관대한 그 맹목적인 여
신이 여자들한테 주는 혜택은 정말 엉터리니 말이야.

실리아 정말 그래요. 글쎄, 그 여신이 예쁘게 만들어 놓
은 여자들은 거의 다 얌전하지 못하고, 얌전하게 만들
어 놓은 여자들은 몹시 추녀인 걸 보세요.

로잘린드 아냐, 그건 운명의 역할이 아니라 자연의 역할
이야. 운명의 여신은 이 세상의 혜택이나 지배하지,
자연의 용모와는 관계가 없어.

　　　　터치스턴 등장.

실리아 그럴까요? 자연이 미인을 만들어 놓는다고 할지라
도, 그 미인이 운명 때문에 불 속에 떨어지는 수도 있
지 않을까요? 자연은 우리에게 운명조차 조롱하는 지
혜를 부여하고 있지만, 운명 역시 (터치스턴을 보고) 저
바보를 이리 보내서 이 논의를 방해하지나 않을까요?

로잘린드 글쎄, 운명이 자연의 창조물인 바보를 시켜 자
연의 은혜인 지혜를 방해한다면, 운명이 자연보다는
훨씬 더 힘이 세지 않을까.

실리아 그러나 어쩌면 이건 운명의 소행이 아니라 자연의
소행일지도 몰라요. 우리의 타고난 지혜가 하도 둔해
서 운명의 여신들에 관해서는 도저히 논의하지 못할
것을 자연이 알아채고서, 저 바보를 우리의 숫돌 대신
보내신 것이 아닐까요. 바보의 둔함은 항상 지혜의 숫

돌이니 말예요…… 이봐요, 영리한 양반, 어딜 가시는
거예요?

터치스턴 아가씨, 아버님께 가보셔야 합니다.

실리아 그럼, 심부름을 오신 건가요?

터치스턴 천만에요. 내 명예를 걸고 맹세하지만, 그렇진
않습니다. 하지만 아가씨를 불러오라는 명령을 받았
습니다.

로잘린드 그런 맹세는 어디서 배우셨어요? 바보양반?

터치스턴 어떤 기사(騎士)한테서 배웠죠. 그분이 이렇게
맹세를 하더군요. 내 명예를 걸고 이건 좋은 핫케이크
다, 내 명예를 걸고 이 겨자는 엉터리다. 이렇게 말이
에요. 그런데 난 주장하겠습니다만, 그 핫케이크는 엉
터리였고, 겨자는 좋았습니다. 그렇다고 그 기사가 거
짓 맹세를 한 건 아니었지요.

실리아 그걸 어떻게 다 증명하세요, 당신의 그 엄청난 지
식 더미 속에서?

로잘린드 아, 당신의 그 지혜를 자유롭게 활동시켜 보세
요.

터치스턴 그럼 두 분 다 앞으로 나오셔서, 턱을 만지며
턱수염에 두고 맹세를 하십시오. 나보고 악당이라고
말이오.

실리아   우리들이 턱수염만 가졌다면, 그 턱수염에 두고
　　　당신은 악당이에요.

터치스턴   가령 그렇다고 치면 그 악당의 소행에 두고 난
　　　악당이라고 맹세하죠. 하지만 당신네 두 분이 갖지도
　　　않은 것에 두고 맹세한다고 치면, 그건 거짓 맹세는
　　　아니죠. 그리고 물론 자기 명예에 두고 맹세했다는 그
　　　기사도 거짓 맹세는 아니었죠. 그분은 명예를 가지고
　　　있지 않았으니까요. 혹은 만약 그가 명예를 가졌다 하
　　　더라도, 그 핫케이크나 겨자를 보기 이전에 벌써 맹세
　　　를 박살내 버렸으니까요.

실리아   그건 누굴 두고 말하시는 서예요?

터치스턴   (로잘린드를 보고) 아가씨네 아버지 프래드릭님이
　　　사랑하는 분이지 누구겠소.

로잘린드   저의 아버님이 사랑하시는 분이라면, 그것만으
　　　로도 충분히 그분의 명예가 아닌가요. 이제 그만둬요.
　　　더이상 그분에 관해서 말한다면…… 남을 욕한 죄로
　　　언젠가는 매를 맞을 테니까.

터치스턴   현명한 분들이 바보짓을 하고 있는 이때, 바보
　　　보고 현명한 말을 하지 말라는 건 너무나 무정한데요.

실리아   정말이지 그 말이 맞군. 바보들이 갖고 있는 하찮
　　　은 지혜가 봉쇄당한 후로 현인이 하는 사소한 바보짓

이 엄청나게 눈에 띄게 됐으니 말예요…… 저기 르
보오님이 오시는군.

르 보오가 이쪽으로 바삐 오고 있다.

로잘린드 입에다 소식을 가득 물고서 오는군.

실리아 그걸 비둘기가 새끼들에게 먹이듯이, 우리에게 집
어넣을 테지.

로잘린드 그럼 우린 소식으로 가득 차게 되겠네.

실리아 그것도 좋잖아요, 덕분에 우린 더 잘 팔리게 될
테니까. 안녕하세요, 르 보오님! 무슨 소식이라도 있
어요?

르 보오 아름다운 공주님들, 참 좋은 심심풀이를 놓치셨
습니다.

실리아 심심풀이? 무슨 무슨 빛깔의?

르 보오 무슨 빛깔이라뇨? 뭐라고 말씀드려야 좋을치?

로잘린드 지혜와 운이 명하는 대로 말씀하시죠.

터치스턴 (조롱조로) 혹은 숙명이 명하는 대로 하시지.

실리아 말씀 잘하셨어요. 흙손으로 딱 치는 격이랄까요.

터치스턴 아니지요, 만약 내가 내 지혜를 못 지키는 날엔
…….

로잘린드 당신의 그 냄새가 없어지게요.

르 보오 기가 막혀, 원 공주님들도. 그건 그렇고, 좋은 씨
　　　름이었는데, 그 구경을 놓치셨다는 말씀을 드리고 싶
　　　었습니다.

로잘린드 그럼 어떻게 씨름을 했는지 그 얘기 좀 해보세
　　　요.

르 보오 시작을 얘기해 드릴 테니, 마음에 드시거든 그
　　　결말을 구경하십시오…… 가장 좋은 승부는 지금부턴
　　　데, 바로 이곳에 와서 하기로 돼 있으니까요.

실리아 그럼 시작은 끝나고 매장된 셈인가요?

르 보오 글쎄 어떤 노인과 그 세 아들이…….

실리아 시작부터 옛날 얘기를 들고 나와도 좋을 것 같네
　　　요.

르 보오 골격이 늠름하고 풍채가 당당한 청년 세 사람이
　　　……

로잘린드 목에다 '이 당당한 포고로써 만인에게 알리고자
　　　함' 하고 표딱지라도 붙어 있던가요?

르 보오 그 중 제일 손위가 공작님의 장사 찰스와 겨루었
　　　는데, 찰스는 눈 깜빡할 사이에 그 상대방을 내던져
　　　늑골을 세 대나 부러뜨려서, 살 가망이 거의 없게 만
　　　들어 놨습니다. 그러고 둘째도, 셋째도 같은 꼴로 만
　　　들어 놓았습니다…… 저기 모두 쓰러져 있고, 늙은 아

버지는 자식들을 보고 어찌나 가엾게 슬퍼하던지, 주위 사람들도 모두 같이 눈물을 쏟고 있습니다.

로잘린드 어머나!

터치스턴 하지만 아가씨들이 놓치셨다는 심심풀이란 대체 어떤 것이오?

르 보오 원, 그건 지금 내가 말씀드리지 않았소.

터치스턴 그럼 사람은 매일 더 현명해지는가 보군. 늑골을 부러뜨리는 것이 아가씨들의 심심풀이란 말은 처음 듣는걸.

실리아 저도 그래요, 정말로.

로잘린드 하지만 그 밖에 또 누가 자기 옆구리를 부러뜨려서 엉터리 음악을 연주하고 싶어하나요? 누가 갈빗대를 부러뜨리고 싶어하나요? 실리아, 우리 그 씨름을 구경해 볼까?

르 보오 여기 그냥 계시면 구경하시게 됩니다. 이곳이 씨름판으로 정해진 장소니까요. 이제 곧 시작할 것입니다.

실리아 아 정말, 저기 오네요…… 그럼 그냥 여기 있다가 구경하기로 하죠.

　　나팔소리. 프레드릭 공작과 그의 귀족들. 올랜도·찰스·시종들, 씨름판으로 정해 놓은 장소를 향하여 잔디밭을 가로질러서

온다.

프레드릭 공작 그럼 시작하라. 아무리 타일러도 그 젊은
이는 듣질 않으니, 제 고집으로 위험을 초래하게 되었
구나.

로잘린드 저분이 그분인가요?

르 보오 그렇습니다, 미치광이입니다.

실리아 어머나, 너무나 젊은데요. 하지만 이길 것같이 보
이는데요.

프레드릭 공작 아, 내 딸과 조카딸이구나! 씨름을 구경하
려고 살그머니 이곳에 왔느냐?

로잘린드 예, 부디 용서해 주세요.

프레드릭 공작 그리 재미는 없을 게다. 한쪽이 원체 장사
라서…… 도전하는 쪽의 젊은이가 가엾어서 못하게
권해 보고 싶어도 막무가내다…… 너희들이 좀 권해
보렴…… 혹시 들을는지도 모르니.

실리아 르 보오님, 저분을 이리 좀 불러 주세요.

프레드릭 공작 그게 좋겠다, 난 좀 비켜 있을 테니. (자리
를 떠난다)

르 보오 이봐요, 도전자, 공주님이 당신을 부르오.

올랜도 (앞으로 나오면서) 예, 경의와 의무를 다하여 경청하
겠습니다.

로잘린드 이보세요, 젊은 분. 그래 감히 찰스 장사한테 도전을 하셨나요?

올랜도 (절을 하면서) 아니지요, 아름다운 공주님. 그쪽에서 누구한테나 도전해 온 것입니다. 난 남들처럼 그 자와 싸워서 내 젊음의 힘을 시험해 보자는 것뿐입니다.

실리아 젊은 분이여, 당신의 기백은 나이치고는 너무도 대담하네요…… 상대방의 힘에 대해서는 댁에서도 잔인한 실례를 보셨잖아요. 만약 당신이 자기 눈으로 자기를 살펴보거나 이성으로 자기를 알아보시면, 이 모험이 무서워져서 좀더 알맞는 일에 마음이 쏠리게 되실 것 아녜요…… 제발 당신 자신을 위해서 자기 몸의 안전을 생각하시고, 아예 이런 모험은 하지 마세요.

로잘린드 그렇게 하세요, 네? 그렇게 하셔도 댁의 명예는 손상되지 않아요. 저희들이 공작님께 여쭈어서 씨름을 그만두게 하겠어요.

올랜도 제발 나쁘게 생각하셔서 날 책망하지는 말아 주십시오. 아름답고 훌륭하신 귀부인들의 뜻을 조금이라도 어긴다면 참으로 죄가 된다는 것을 나도 잘 알고 있습니다. 예쁜 눈과 상냥한 마음이, 이 승부에 나가는 저를 지켜봐 주시기를 바랍니다. 이 승부에서 지더라도 보잘것없는 사내 한 사람이 창피를 당할 뿐이고, 죽더라도 오히려 그것을 원하고 있는 사내가 하나 죽는 것뿐입니다. 친구에게 폐를 끼칠 일도 없는 이 사람입니다. 날 슬퍼해 줄 사람은 아무도 없으니까요. 세상에 해가 될 리도 없습니다. 재산이라곤 없는 사람이니까요. 이 세상에서 다만 하나의 자리를 메우고 있는 존재에 불과하니까, 그 자리를 비우게 되면 더 좋은 사람으로 메워질 수 있을 것 아닙니까.

로잘린드　하찮은 제 힘이지만, 당신께 그 힘이라도 보태 드렸으면 해요.

실리아　제 힘도 보충해서 보태 드렸으면 해요.

로잘린드　그럼 다시 또 뵙겠어요…… 제발 제가 당신을 잘못 봤다면 좋겠어요……

실리아　제발 당신의 뜻대로 돼주시기를!

찰 스　(큰 소리로) 여, 자기 어머니인 대지와 눕고 싶어하는 그 젊은 호걸은 어디 있어?

올랜도　여기 있소. 하지만 생각만은 좀더 점잖은 짓을 할 작정이오.

프레드릭 공작　1회전으로 승부를.

찰 스　예, 염려 마십시오. 첫 승부조차 그렇게도 간곡히 못하게 막으신 공작님께서, 2회전까지 청하실 필요는 없으실 테니까요.

올랜도 나중에 조롱할 생각이라면, 시합 전에는 조롱하지 말아야 할 것 아니오. 아무튼 자, 시작합시다.

로잘린드 허큘리스 장사가 저 젊은 분을 도와주셨으면!

실리아 난 남의 눈에 보이지 않게 나타나서 저 장사의 다리를 잡아 주었으면! (씨름이 시작된다. 올랜도가 유리한 태세를 취한다)

로잘린드 어쩌면! 훌륭한 젊은 분이시네!

실리아 내 눈에 벼락만 가졌다면! 이쯤에서 그만 승패를 정해 버리고 싶건만. (두 씨름꾼이 이리저리 밀려 다니다가 별안간 찰스가 땅바닥에 털썩 나가떨어진다. 갈채)

프레드릭 공작 (일어서면서) 이제 그만, 이제 그만!

올랜도 아니올시다 공작님, 제발…… 아직 전 기운이 채 솟기도 전입니다.

프레드릭 공작 자네는 어떤가, 찰스?

르 보오 ·말을 못합니다, 공작님.

프레드릭 공작 저리 데리고 나가라…… (찰스를 들어 내간다) 그런데, 젊은이 이름은 뭔가?

올랜도 올랜도라고 합니다. 롤랜도 드 보이스 경의 막내 아들이옵니다.

프레드릭 공작 다른 사람의 아들이었으면 좋았을 것을.

세상은 자네 부친을 훌륭한 분이라고 칭찬하네만, 그
사람은 언제나 내 적이었어. 다른 가문의 태생이었더
라면 이번 일은 좀더 내 마음에 들었을 텐데. 그럼 잘
있게, 젊은이가 참으로 용감하군. 그러나 다른 분을
아버지라고 말해 줬으면 싶었어. (공작, 르 보오, 귀족들
퇴장)

실리아 언니, 내가 아버지라면 저렇게 할 수 있을까?

올렌도 난 롤랜도 경의 아들, 그 막내아들임을 한층 더
자랑으로 삼고, 설사 프레드릭의 상속자가 된다 하더
라도 이름을 바꾸고 싶지는 않아.

로잘린드 우리 아버진 롤랜도 경을 자기 영혼처럼 사랑하
시고, 세상 사람들도 모두 아버지와 같은 마음이었어.
이 젊은분이 그 어른의 아드님인 줄 미리 알았다면
그런 모험을 하기 전에 눈물을 흘리며 하지 마시라고
권했을 것을.

실리아 언니, 우리 가서 그분에게 치사와 격려나 해줍시
다. 우리 아빠의 심술궂은 화풀이가 내 마음을 찌르는
군. (두 처녀는 일어서서 올랜도에게로 나간다) 이보세요,
참 훌륭하셨어요. 사랑에 있어서도 그와 같이 말씀을
지키신다면, 아니, 그와 같은 말씀보다 훨씬 더 훌륭
하시다면, 댁의 애인은 참 행복할 거예요.

로잘린드 (목에서 목걸이를 풀어 주며) 이봐요, 절 위해서 이
     것을 받으세요…… 운명에 버림받은 제가, 손에 부족
     만 느끼지 않는 처지라면 더한 선물을 드릴 수도 있
     을 것을…… 실리아, 그만 가자. (돌아서서 간다)

실리아 (올랜도를 보고) 그럼 안녕히 계세요. (언니를 따라간
     다)

올랜도 내 입에선 고맙단 말도 나올 수 없단 말인가? 내
     좋은 부분은 모두 나가떨어지고 여기 서 있는 것은
     멍청한 등신에 불과하단 말인가? 생명도 없는 나무토
     막에 지나지 않는단 말인가?

로잘린드 저이가 우릴 부르는데. 이젠 이런 신세여서 자
     부심마저 없어졌나 봐…… 무슨 용무신지 물어 볼까
     …… (돌아서서) 부르셨어요? 참 훌륭하셨어요. 나가떨
     어진 건 당신의 적만이 아니었어요. (두 사람이 서로 마
     주 본다)

실리아 (언니의 손을 잡아당기면서) 그만 가요.

로잘린드 음, 갈께…… (올랜도를 보고) 안녕히 계세요. (허
     둥지둥 퇴장. 실리아 그 뒤를 따라 퇴장)

올랜도 무슨 감정이 내 혀를 이렇게 무겁게 짓누르는 것
     일까? 한 마디도 하지 못하다니, 그녀는 말을 재촉했
     는데.

르 보오 다시 등장.

올랜도 아 불쌍한 올랜도, 너야말로 나가떨어졌어! 찰스
가, 아니, 그보다 약한 누군가가 너를 정복해 버렸어.

르 보오 이보게, 호의에서 권하지만 어서 이곳을 떠나시
게…… 당신은 물론 칭찬과 갈채와 경애를 받을 만하
지만, 공작님의 지금 기분으로선 당신 공적이 다 오해
받고 있소…… 공작님은 변덕이 심한 분이오…… 그
것이 어떤 것인지는 내가 말하는 것보다 당신이 생각
해 보는 것이 더 나을 거요.

올랜도 감사합니다. 그런데 저, 물어 볼 말이 있습니다.
아까 씨름을 구성한 두 처녀 중에서 어느 쪽이 공작
님의 따님입니까?

르 보오 그 품행으로 봐선 어느 쪽도 공작님의 따님이 아
니지만, 실은 작은 쪽이 따님입니다. 다른 쪽은 추방
당한 공작님의 따님인데, 뺏은 자인 삼촌 곁에 붙들려
서, 그분 따님과 같이 있게 되었지만…… 두 사람의
사랑은 친형제의 인연보다 더합니다…… 하지만 사실
을 말하면 요사이 공작은 그 얌전한 조카딸이 마음에
들지 않는 모양입니다. 다른 이유가 있어서 그런 것이
아니라, 다만 사람들이 그녀의 정숙함을 칭찬하고, 그
선량한 부친을 위하여 그녀를 동정하기 때문입니다.

그런데 정말이지 그 아가씨에 대한 공작님의 심술이 언제 느닷없이 폭발할지 알 수 없는 일입니다…… 그럼, 가보시오. 나중에 이보다 살기 좋은 세상이 오면, 당신과 좀더 친하게 사귀어 보고 싶습니다.

올랜도 참으로 감사합니다. 안녕히 계십시오…… (르 보오 퇴장) 그럼 이제 난 연기로부터 불 속으로 뛰어들어야 한단 말인가. 포악한 공작으로부터 포악한 형한테로 돌아가야 한단 말인가…… 그건 그렇고, 저 천사 같은 로잘린드! (명상에 잠겨서 퇴장)

제 3 장

프레드릭 공작 저택 안의 한 방.
로잘린드는 의자에 앉아서 얼굴을 벽에 기대고 있다. 실리아는
몸을 구부리고 로잘린드를 내려다보고 있다.

실리아 아, 언니도, 로잘린드 언니도…… 큐피드의 동정
이 내리소서! 그래 한 마디도 않을 테야?

로잘린드 개한테나 던져 줄 말은 하기 싫어.

실리아 음, 언니 말은 개한테 던져 주기엔 너무나 아까워
요. 하지만 나한테 던져 줄 순 있잖아. 자, 이치를 따
져서 날 옴쭉달싹 못하게 해봐요.

로잘린드 그럼 두 사촌, 언니 동생이 온전치 못하네. 한
쪽은 사연을 듣고 벙어리가 되고, 다른 쪽은 까닭 없
이 실성한 판이니 말야.

실리아 하지만 이건 다 언니네 아빠 때문이지?

로잘린드 아냐, 어느 정도는 미래의 아이 아버지 때문이
야…… (일어선다) 아, 이 쓰라린 세상에는 왜 가시덤
불만 투성이일까!

실리아 이 정도는 명절날 장난삼아 바보들이 내던지는 밤
송이 정도밖에 안 되잖아. 닦인 길을 가지 않으면, 우

린 속치마까지 찢기는걸.

로잘린드 옷에 붙은 것이라면 털어 낼 수도 있지만……
이 밤송이는 내 심장 속에 있는걸.

실리아 '에헴' 하고 기침을 해서 치워 버려요.

로잘린드 '에헴' 해서 그일 만날 수 있는 일이라면, 그렇
게라도 해보겠지만.

실리아 그럼 자, 언니의 연심하고 씨름을 하세요.

로잘린드 하지만 그 연심이 나보다도 장사란 말이야.

실리아 어머, 잘해 보세요! 쓰러지더라도 언닌 잘할 수
있을 거야…… 하지만 이런 농담은 그만두고 좀더 진
담으로 얘기해요. 그래 이렇게 난데없이 언니가 저 롤
랜도 경의 막내아들을 열렬히 사랑하게 되다니, 대체
그럴 수도 있을까요?

로잘린드 우리 아빠는 그이의 아버질 무척 사랑하셨어.

실리아 그래서 언니도 그분의 아드님을 무척 사랑해야 한
다는 결론인가요? 그런 논법이라면, 우리 아빤 그이
아버지를 미워하셨으니까 나도 그일 미워해야겠네요.
하지만 난 올랜도를 미워하진 않아요.

로잘린드 제발 날 위해서 미워하진 말아 줘.

실리아 미워하지 않을 수 없잖아요. 그만한 까닭이 있잖
아요.

로잘린드 그러니까 내가 그일 사랑하게 놔둬. 그리고 내가 사랑하니까 너도 그일 사랑해 줘…… (문이 활짝 열리고 프레드릭 공작이 시종들과 귀족들을 거느리고 나타난다) 어머나, 공작님이 들어오시네.

실리아 화가 나셔서 두 눈에 불을 켜시고서.

프레드릭 공작 (문앞에 망설이고 서서) 로잘린드, 몸의 안전을 위하려거든 어서 짐을 챙겨 가지고, 이 집에서 떠나거라.

로잘린드 정말이에요, 숙부님?

프레드릭 공작 그렇다, 애야. 오늘부터 앞으로 열흘 후에도 네가 우리 집 20마일 안에서 발각되면 목숨을 부지하지 못할 줄 알아라.

로잘린드 애원합니다. 부디 죄목을 좀 가르쳐 주세요. 제가 제 자신을 알고 있는 한, 제 자신의 마음의 움직임을 알고 있는 한, 그리고 제가 꿈속이거나 실성해 있지 않은 한 ─ 절대로 그럴 리는 없습니다만 ─ 숙부님, 전 싹도 안 튼 이 마음속에서조차 숙부님을 거역해 본 적이 없습니다.

프레드릭 공작 반역자들은 다 그렇게 말한다. 그 죄가 말로 씻어지는 것이라면, 반역자들도 미덕 그 자체같이 결백할 게 아니냐. 하지만 나는 너를 믿지 않는다. 그것으로 충분하지 않느냐.

로잘린드 하지만 숙부님의 불신만 가지고 제가 반역자가
될 수는 없어요. 어떤 점이 의심스러운지 말씀 좀 해
주세요.

프레드릭 공작 넌 네 아버지의 딸이다. 그것으로 충분하
다.

로잘린드 숙부님이 우리 아버지의 영토를 빼앗았을 때도
전 아버지의 딸이었어요. 혈통으로 반역을 하는 건 아
니에요. 설사 친한 사람들로부터 옮아서 다치더라도
저와는 관계없는 일이잖아요? 우리 아버진 반역자가
아니었어요. 그러니 숙부님, 제가 궁색하다 해서 반역
을 하리라는 오해는 하지 말아 주세요.

실리아 아빠, 제발 좀 들어 주세요.

프레드릭 공작 아, 실리아야, 너 때문에 저애를 여기 있
게 했던 거다. 너만 아니었더라면, 진작 저애 아버지
와 함께 방랑하게 되었을 게 아니냐.

실리아 그 당시엔 언니를 있게 해달라고 간청하지 않았
어요. 그건 아빠 마음에서 우러나셔서 하신 일이었어
요. 그때만 해도 전 너무 어려서 언니의 가치를 몰랐
어요. 하지만 이제는 알아요. 만약 언니가 반역자라
면 저도 반역자예요. 우린 항상 잠도 같이 자고, 같

이 일어나고, 같이 공부하고 놀고 먹고, 어딜 가나 주노 여신의 백조처럼 항상 둘이서 같이 다녔고 떨어지지 않았어요.

프레드릭 공작 저애는 원체 교활해서 너는 모른다. 그 번질한 가면하며 바로 그 침묵하며 그 인내성이 세상사람들에게 호소하고, 그들은 저애를 동정한단 말이다……넌 바보야…… 저애가 네 명성을 빼앗고 있단 말이다. 네가 더 빛을 내고 덕을 나타내기 위해서는 저애가 없어져야 한다. 그러니 넌 입을 열지 마. 내 선고는 확고부동하니까. 그리고 그 선고가 저애한테 내려졌어…… 저애는 추방이다.

실리아 정 그러시다면 그 선고를 제게도 내려 주세요. 전 언니하고 떨어져서는 살 수 없어요.

프레드릭 공작 바보 같은 소리 마…… 여봐라 조카딸아, 준비를 해라. 지체하고 있으면 내 명예를 걸고, 또 내 말의 위대성에 두고, 네 생명은 없다. (돌아서서 귀족들을 데리고 방을 나간다)

실리아 아, 가엾은 우리 로잘린드, 어디로 가겠어요? 아버질 바꿀 생각은 없으세요? 우리 아빠를 드릴게요……… 제발 나보다도 더 많이 슬퍼하진 마세요.

로잘린드 슬퍼할 까닭이 내게 더 많이 있는걸.

실리아 아녜요, 언니. 제발 기운을 내세요. 모르시겠어요,
　　　공작님은 친딸인 나를 추방하셨는데?

로잘린드 그럴리 없어.

실리아 그럴리 없다구요? 그렇다면 로잘린드는 사랑이 부
　　　족한가 봐. 언니와 난 일심동체라고 가르쳐주는 사랑
　　　이…… 그래 우리가 서로 헤어져도 좋단 말예요? 안
　　　돼요. 우리 아버지에게는 다른 상속자를 물색하라고
　　　해둬요…… 그러니까 우린 같이 도망갈 방법이나 연
　　　구해요. 어디로 뭘 지니고 갈 것인지 말예요. 그리고
　　　언니 불행을 혼자서 짊어지려고 언니 혼자서만 슬픔
　　　을 참고, 날 버려 두고 가지는 마세요, 네? 지금 우리
　　　의 슬픔 때문에 창백해져 있는 저 하늘에 두고 맹세
　　　하지만, 언니가 뭐라고 말하든 난 언닐 따라가겠어요.

로잘린드 그렇지만, 어디로 가야 좋을까?

실리아 우리 큰아버지를 찾아 아덴의 숲으로 가요.

로잘린드 아, 얼마나 위험할까. 처녀의 몸으로 그렇게 먼
　　　데까지 가다니! 미인은 황금보다 더 쉽게 도둑을 자
　　　극시킨다잖아.

실리아 난 초라한 옷으로 천하게 변장하고, 얼굴에는 밤
　　　색 칠을 하겠어요. 언니도 그렇게 하세요. 그러면 습
　　　격받을 염려 없이 무사히 갈 수 있을 게 아녜요.

로잘린드 난 키가 큰 편이니까, 차라리 말쑥하게 남자로 변장하는 것이 낫지 않을까? 용감하게 단도를 차고, 손에는 넓적한 창을 들고, 그리고 가슴속에는 여자의 어떠한 공포가 숨어 있을망정, 겉모습은 뽐내는 용사같이 보이자꾸나. 글쎄, 세상의 수많은 겁쟁이들같이 겉모습으로 공포를 무안하게 해주잔 말이야.

실리아 언니가 남자로 변장하면, 이름은 뭐라고 불러야 할까?

로잘린드 조브 신의 시동(侍童)보다 못한 이름은 싫어. 그러니 날 개니미드라고 불러 줘. 그럼 네 이름은 뭐라고 부르면 좋을까?

실리아 내 신세와 관계 있는 이름이 좋을 거예요. 이제부턴 난 실리아가 아니라, 앨리너예요.

로잘린드 그런데 애, 너의 아버지네 집에서 저 어릿광대 바보를 꾀어내 보기로 할까? 그가 우리 여행에 좋은 위안이 되지 않을까?

실리아 그는 나랑 같이라면 이 세상 끝에라도 같이 가줄 거예요. 그를 설득하는 일은 나한테 맡겨 두세요…… 그럼 자, 가서 보석이나 패물들을 챙기구요. 가장 좋은 시기와 가장 안전한 길을 택해서, 뒤를 쫓아오더라도 잡히지 않을 길을 연구해요…… 이제 우린 만족해

하며 자유의 길을 가는 거예요, 추방이 아니라. (두 사
람 퇴장)

제 2 막

제 1 장

아덴의 숲.
동굴 입구, 그 앞에는 가지를 펼친 나무가 하나 서 있다. 추방
당한 전 공작, 에미언즈, 사냥꾼 차림을 한 두세 명의 귀족들,
동굴에서 나온다.

전 공작 그런데, 추방 생활의 내 동료 동포들이여, 습관
이 되고 보니 이런 생활이 저 화려한 영화보다 더 상
쾌하지 않은가? 이 숲이 저 사악한 대궐보다는 위험
성이 없잖은가? 이곳에서는 저 애덤이 받았던 사철의
변화라는 형벌도 안 느껴지잖는가? 겨울철 찬바람의
얼음 같은 어금니가 살을 엘 듯이 우리 몸에 불어오
고 추워서 몸이 오그라드는 그런 때조차, 나는 웃으면
서 이렇게 말하잖는가, '이건 아첨이 아니지, 이야말
로 나의 진정 어린 간언(諫言)이랄까, 내 위치를 뼈저
리게 가르쳐 주는 거야' 라고…… 아름답도다, 역경의
이점은. 이는 두꺼비와 같다 할까. 보기 흉하고 독이
있지만, 그 머리에는 귀한 보석을 지니고 있단 말이
야. 그런데 속세와 떨어진 우리의 생활은 수목에서 말
을 듣고, 흘러가는 개울에서 책을 보고, 돌에서 설교

를 느끼고, 온갖 것에서 선을 보지 않느냐 말이다. 난 이 생활을 바꾸고 싶지 않구나.

에미언즈 공작님은 행복스럽게도, 운명의 완고함을 그렇게도 한가하고 그렇게도 아름다운 문장으로 번역해 놓을 수 있으시군요.

전 공작 그럼 사슴이나 잡으러 나가 볼까? 그런데 가엾게도 그 얼룩진 바보들이, 이 쓸쓸한 도읍 안 토착민이면서도, 자기네 영역안에서 두 갈래 진 화살에 통통한 넓적다리를 뚫린다는 건, 나로선 참 괴로운 일이거든.

귀족1 사실 공작님, 저 우울한 제이퀴즈도 그것을 슬퍼하고 있습니다. 그 점에서 본다면, 공작님이 공작님을 추방한 아우님보다 한술 더 뜨는 찬탈자라나요. 오늘도 우리 에미언즈 경과 저는, 그 사람이 참나무 밑에 누워 있을 때에 그 뒤로 살금살금 가봤죠. 그런데 그 참나무의 해묵은 뿌리는 이 숲을 둘러싸고 넘나드는 개울가를 내다보고 있습니다만, 그때 마침 가엾게도 외떨어진 사슴 한 마리가 사냥꾼의 화살에 상처를 입어 그곳에 와서 신음하고 있겠지요. 아, 공작님, 불쌍한 그 짐승은 어찌나 심하게 앓던지, 탄식은 그놈의 가죽 외투를 찢을 지경이었습니다. 그리고 구슬 같은 눈망울이 그 죄없는 코에 가엾게도 내리쏟아지고 있었답니다. 이렇게 털 많은 바보는 우울한 제이퀴즈 눈에 환히 띈 채 세차게 흘러가는 개울가에 서서 눈물로 개울물을 불리고 있었지요.

전 공작 그래, 제이퀴즈가 뭐라고 말하던가? 그 광경을 보고 무슨 교훈을 말하지 않던가?

귀족1 아 예, 수많은 비유를 하더군요. 첫째, 사슴이 울어서 쓸데없이 개울물을 불리는 데 대해서는 이렇게 말하던군요. '불쌍한 사슴 같으니, 너도 세상사람들처럼 유산 분배를 하고 있으나, 안 그래도 너무 많은데 네 몫까지 덧붙여 주고 있단 말이냐?'고. 그리고 벨벳 가죽을 한 친구들에게서 홀로 떨어져서 거기 있는 데에 대해서는 '옳지, 이래서 불행은 친구들을 잃는 법이지'라고 말했습니다. 이때 실컷 풀을 뜯어먹는 한 떼의 사슴들이 무관심하게 아까 그놈 곁을 뛰어가는 것을 보고 제이퀴즈는 이렇게 말했습니다. '아, 어서들 가라, 이 살찌고 기름진 것들아! 세상사 다 그렇더라. 글쎄, 저 불쌍하고 비참한 패배자를 뭣 때문에 돌아다볼 필요가 있단 말이냐?'라고요. 이렇게 그 사람은 국가를, 도시를, 궁정을, 모두에게 욕설을 퍼붓더군요, 아니, 우리들의 이 생활에 대해서조차 욕을 했답니다. 우리는 순전히 찬탈자요, 폭군이고, 이보다

　　한층 더 나쁜 점은 짐승들을 위협하여 죽이려고 그것
　　들이 태어난 영역에까지 침입해 와 있는 것이라고요.
전 공작　그래, 자네는 그 작자를 그와 같은 명상 속에 잠
　　기게 그냥 두고 왔단 말이지?
귀족2　예, 흐느끼는 그 사슴을 보고 울며 비평하고 있는
　　걸 보고 그냥 왔습니다.
전 공작　그곳으로 날 좀 안내해 다오. 그와 같이 우울증
　　에 걸려 있을 때 그 사람과 얘기해 보고 싶구나. 그는
　　그런 때에 가장 쓸만한 말을 하니까.
귀족1　예, 곧 안내해 드리겠습니다. (모두 퇴장)

제 2 장

프레드릭 저택의 한 방.
프레드릭 공작 · 귀족들 · 시종들 등장.

프레드릭 공작 그래, 아무도 그것들을 보지 못할 수가 있
단 말이냐? 그건 있을 수 없는 일이다. 이 대궐 안에
어떤 나쁜 놈이 있어서 공모하여 함께 도망한 것이
분명해.

귀족1 공주님을 봤다는 사람은 한 사람도 없습니다. 공주
님 방에 시중드는 시녀들은 공주님이 잠자리에 드시
는 걸 봤다는데, 새벽녘에 보니 이부자리 속에 공주님
이 안 계시더라는군요.

귀족2 공작님, 공작님께서 평소에 흔히 조롱하시던 그 야
비한 어릿광대도 보이지 않습니다. 공주님의 시녀 히
스페리아가 몰래 엿들었다는 얘기를 고백합니다만,
공주님과 조카따님은 지난번에 늠름한 찰스를 쓰러뜨
린 용사의 힘과 덕을 무척 칭찬하더라는군요. 그러니
까 히스페리어는 두 분이 어디를 가든 그 젊은이가
필시 동행하고 있을 거라고 믿고 있습니다.

프레드릭 공작 그자 형의 집에 사람을 보내서, 그 멋쟁이

녀석을 곧 데려오너라. 그녀석이 없거든 그 형이라도
데리고 오너라…… 형을 시켜서 찾아내게 해야겠다.
어서 해, 수색과 탐색을 소홀히 하지 말고 철저히 하
란 말이야. 어서 빨리 이 어리석은 도주자들을 다시
데려오도록 해라. (모두 퇴장)

제 3 장

올리버의 집 정원.
올랜도와 애덤 등장.

올랜도 거 누구요?

애 덤 아! 우리 도련님이십니까? 아, 친절하신 도련님, 상
냥하신 도련님, 아, 고(故) 롤랜도 경의 기념이신 분…
… 그래, 어쩌자고 이곳에? 도련님은 어쩌자고 덕이
높으실까? 어쩌자고 사람들은 도련님을 좋아할까? 글
쎄, 어쩌자고 도련님은 점잖고, 힘이 세고, 용감하실
까? 어쩌자고 미련하시게도 변덕이 심한 공작님의 장
사를 쓰러뜨렸을까? 칭찬은 도련님보다 먼저 벌써 와
있습니다. 도련님은 그래 모르십니까, 사람에 따라서
는 그 미덕이 도리어 해가 된다는 것을? 도련님이 그
렇습니다. 도련님, 도련님의 미덕은 보기에는 거룩한
것 같아도 역시 도련님께는 해가 됩니다…… 아아, 세
상 돌아가는 꼴 좀 보게. 훌륭한 것이 도리어 그걸 지
니고 있는 사람에게는 큰 화가 되다니!

올랜도 아니, 대체 무슨 일이야?

애 덤 오, 불행한 도련님, 이 집 문에 들어서지 마십시오.

이 집 지붕 밑에는 도련님의 미덕을 시기하는 적이 살고 있습니다…… 글쎄, 형님이…… 아냐, 형님도 아니지…… 글쎄, 아드님이, 아드님도 아냐, 난 아드님이라고 부르지도 않을 테야. 원 하마터면 그 어른의 아드님이라고 내가 입 밖에 낼 뻔한 그분이…… 도련님의 칭찬을 듣고서, 도련님이 주무시는 틈을 타서 집에다 오늘밤 불을 지를 계획이랍니다. 만약 이 일이 실패하면 다른 수단을 써서라도 도련님을 죽일 계획이랍니다. 제가 엿들었지요…… 그분의 흉계를…… 이곳은 더 이상 있을 곳이 못 됩니다. 이 집은 흡사 도살장과 같습니다, 이곳은 더러운 곳입니다, 무서운 곳입니다. 제발 발을 들여놓지 마십시오.

올랜도 이봐, 애덤, 그럼 난 대체 어디로 가면 좋을까?

애 덤 어디라도 좋습니다. 이곳만 아니라면.

올랜도 뭐, 그럼 나보고 떠돌아다니면서 밥을 빌어먹으란 말인가? 또는 비열하고 난폭한 칼을 가지고 큰길에 나가서 강도질을 하란 말인가? 그럼 그럴 수밖에 없을 테지, 달리 어떻게 해야 좋을지 모르니까 말야. 하지만 비록 무슨 짓을 하더라도, 그런 짓은 하지 않겠어…… 차라리 패륜의 저 잔인한 형의 흉계에 이 몸을 맡길 테야.

애 덤 하지만 안 됩니다. 제 수중에 오백 크라운, 아버님
　　　밑에서 급료를 모은 돈입니다만, 제가 늙어서 수족도
　　　말을 듣지 않고, 아무도 거들떠보지 않고, 구석에 치
　　　워지게 될 때 요긴하게 쓰려고 저축해 놓은 돈입니다.
　　　자, 이걸 가지십시오. 까마귀들에게조차 먹을 걸 주시
　　　고 참새들조차 염려해 주시는 하느님이시여, 저의 노
　　　후를 위로해 주십소서…… (올랜도에게 돈주머니를 준다)
　　　자, 여기 있습니다. 이 돈을 모두 드리겠습니다. 그리
　　　고 절 하인으로 데려가 주십시오. 비록 늙은이같이 보
　　　이긴 하지만, 아직도 기력은 왕성합니다. 젊은 시절에
　　　핏속에 뜨겁게 모반하는 술은 전혀 입에 대지 않았고,
　　　몸을 수척케 하는 쾌락을 뻔뻔스럽게 구하지도 않았
　　　으니까요. 그래서 이런 나이지만 왕성한 겨울이랄까,
　　　서리는 맞았어도 아직은 아무 문제 없습니다. 제발 같
　　　이 가게 해주십시오. 젊은이에 못지않게 도련님의 주
　　　위를 돌봐 드리겠으니까요.

올랜도 오, 착한 영감님, 옛 세상의 종살이는 의무를 위
　　　해서 땀을 흘린 것이지, 보수를 위해서가 아니었다는
　　　데, 그와 같은 성실성을 바로 영감님 속에서 볼 수 있
　　　구려. 영감님은 지금의 세태에는 맞지 않습니다. 지금
　　　은 누구나 다 출세만을 노려서 땀을 흘리고 있고, 일

단 목적만 달성되면, 달성되는 순간 봉사하기를 마다
하니 말이오. 그러나 영감님은 그렇지가 않구려……
그렇지만 불쌍한 영감님, 영감님이 가꾸는 나무는 썩
은 나무라서 고생해서 아껴 봐도 꽃 한 송이 피지 못
합니다. 하지만 아무튼 자, 같이 나가서 영감님이 젊
었을 때 모은 돈이 없어지기 전에, 초라하더라도 만족
할 만한 생활을 찾아 떠납시다.

애 덤 도련님, 가봅시다. 숨이 끊어질 때까지 성의와 충
성을 다하여 따라가겠습니다. 열일곱 살 때부터 팔십
이 다 된 이 나이까지, 이곳에서 살아왔습니다만, 이
젠 이곳에서는 그만 살겠습니다. 열일곱 살 때는 누구
나 자기 팔자를 펴보려고 합니다만, 팔십이 되고 보면
때는 너무나 늦습니다. 그래도 저로선 보람있게 죽어
서, 주인에게 빚을 지지 않는 것보다 더 좋은 팔자는
없을 겁니다. (두 사람 정원을 떠난다)

제 4 장

아덴의 숲 변두리의 빈터.

개니미드로 이름을 바꾼 로잘린드는 산속의 소년같이 변장을 하고, 앨리너라고 이름을 바꾼 실리아는 양치는 소녀같이 변장을 하고, 터치스턴과 함께 천천히 들어와서 나무 밑 땅 위에 털썩 주저앉는다.

로잘린드 오, 주피터 신이여! 아, 마음이 고단하다!

터치스턴 난 두 다리만 고단하지 않으면 마음은 어떻게 돼도 상관없습니다.

로잘린드 난 이 사내 복장을 무안케 해도 상관없으니, 여자같이 울고 싶어요. 하지만 조끼와 바지를 입은 이상 치마 앞에서는 용감하게 보여야 하니까, 약자인 여자를 위로해 줘야겠어요. 그러니, 기운을 내요, 착한 앨리너!

실리아 제발 부탁이니 절 좀 잡아 주세요. 이제 더이상 가지 못하겠어요.

터치스턴 아가씨를 업어 드리느니보다는 잡아 드리겠습니다. 업어 드려도 좋지만, 어디 돈이 생겨야죠. 아가씨 돈지갑은 비어 있을 테니 말입니다.

로잘린드 아, 여기가 아덴의 숲이로군.

터치스턴 예, 이제 아덴의 숲에 왔습니다. 참 나도 바보지, 집에 있었으면 좀더 편했을 텐데. 하지만 여행하는 사람은 참아야죠.

로잘린드 음, 그래야 해요, 착한 터치스턴…… (코린과 실비어스가 다가오고 있다) 보세요, 누가 오네요…… 젊은 이와 노인이 심각한 얘기를 하면서.

코 린 그렇게 하면 그 여자에게 더욱더 멸시만 당하네.

실비어스 아, 코린 영감님, 내가 얼마나 그 여잘 사랑하는지를 당신도 좀 알아 주셨으면…….

코 린 짐작은 가지, 나도 여자를 사랑한 경험이 있으니까.

실비어스 아니오, 코린 영감님. 당신은 늙어 버려서 짐작도 못하지요. 당신도 젊어서는 누구보다도 여자한테 넋을 잃고, 밤중에 베개를 안고 한숨을 지으셨을 테죠. 하지만 당신도 나같이 사랑에 넋을 잃어 보셨다면—아니, 세상에 나만큼 넋을 잃어 본 사람은 없을 것입니다.—도대체 어느 정도 터무니없는 바보짓을 연심에 끌려서 해보셨단 말이십니까?

코 린 그야 무수히 해봤지. 이제는 다 잊어버렸지만.

실비어스 아, 그러시다면 진정으로 하신 연애가 아니었습니다. 연심 때문에 저지른 바보짓을 샅샅이 기억하지 못하신다면 그건 연애를 해보신 것이 아니죠…… 혹은 지금의 나같이 이렇게 앉아서 애인에 대한 칭찬으로 듣는 사람을 싫증나게 해줄 정도가 아니셨다면, 그건 연애를 하신 것이 아니죠…… 혹은 지금의 나같이 열정 때문에 별안간 친구들에게서 달려나오곤 하지 않으셨다면, 그건 연애를 해보신 것이 아니죠…… 아 피비, 피비, 피비! (얼굴을 두 손에 파묻고 숲속으로 달려 간다)

로잘린드 아, 가엾은 목동! 네 상처를 듣고 있는 동안 내 자신의 상처를 뼈저리게 느끼게 되는구나.

터치스턴 나도 그렇습니다. 잊혀지지도 않습니다. 연애하던 시절, 난 칼로 돌을 치면서 밤에 제인 스마일에게 가는 놈에게는 그 돌을 먹이겠다고 했지요. 그리고 지금도 기억하고 있습니다. 그애의 빨래 방망이에는 물론 그애의 예쁘장한 튼 손으로 짠 젖소의 젖에도 다 키스를 했지요. 그리고 역시 지금도 기억하고 있습니다. 완두까지 그애로 생각하여 구애를 하고, 그 깍지에서 알맹이 두 개를 뺐다가 도로 넣어 놓고 눈물을 쏟으면서 날 위하여 이걸 지녀 달라고 말했지요…… 진정으로 연애를 하는 사람들은 그렇듯 묘한 시늉을 다 한답니다. 만물은 무상하다더니, 연애를 하면 만물도 무상으로 바보짓을 합니다그려.

로잘린드　당신은 자신이 의식하고 있는 것보다는 썩 재치
　　　있는 말을 하시네요.

터치스턴　아닙니다. 난 정강이를 재치에다 부딪쳐도 부러
　　　질 때까지는 절대로 내 자신의 재치를 의식하지 못합
　　　니다.

로잘린드　조브 신, 조브 신이여! 저 목동의 정열은 꼭 내
　　　정열과 같아요.

터치스턴　아, 내 정열과도 같습니다…… 하긴 내 정열은
　　　좀 낡아빠지긴 했지만.

실리아　제발 두 분 중 누가 저기 저 남자에게 좀 물어 봐
　　　주세요, 음식을 좀 팔겠는지요. 난 실신해서 죽을 지
　　　경이에요.

터치스턴　여, 바보양반!

로잘린드　쉬, 바보! 저분은 당신과 같은 부류가 아니잖아
　　　요.

코 린　누구요, 날 부르는 분이?

터치스턴　당신보다는 훌륭한 사람이오.

코 린　나보다도 못하다면 얼마나 비참하겠소.

로잘린드　쉬, 저…… 안녕하십니까, 영감님.

코 린　아, 안녕하우 젊은분, 그리고 여러분.

로잘린드　이봐요, 영감님, 애정이나 금전으로 이 쓸쓸한

곳에서 환대를 살 수 있는 일이라면, 우리가 좀 쉬고
음식을 먹을 수 있는 곳으로 제발 좀 안내해 주세요.
여기 이 젊은 치녀는 여행으로 어찌나 지쳤던지, 실신
하여 원조를 구하고 있답니다.

코 린 아, 참 안됐구려. 내 욕심을 위해서가 아니라 이 아
가씨를 위해서 내가 도와줄 수 있는 팔자라면 좋겠지
만, 난 남의 양을 기르고 있는 처지로 내가 먹이는 양
털도 내 차지는 되지 않소이다. 그리고 주인이란 작자
는 인색해서, 자선을 해서 천당에 가볼 생각은 거의
없는 분입니다. 더구나 양 우리며 양이며 목장을 팔려
고 내놓은데다가, 지금은 주인조차 안 계셔서 우리의
양 우리에는 먹을 만한 것이 아무것도 없습니다. 그래
도 뭐가 있는가 가봅시다. 그리고 나로서는 성의를 다
하여 환영해 드리리다.

로잘린드 그분의 양과 목장을 사겠다는 분은 어떤 분인가
요?

코 린 아까 그 젊은 친군데, 실은 뭐, 살 의욕은 별로 없
는 모양이오.

로잘린드 그럼 지장만 없다면, 댁이 그 양 우리며 목장과
양떼를 좀 사주시겠습니까? 그 값은 우리가 치러 드
리겠습니다.

실리아 그리고 임금도 올려 드리겠어요. 난 이곳이 마음
에 들어요. 이곳에서라면 즐겁게 시간을 보낼 수 있을
것같아요.

코 린 정말이지, 팔려고 내놓은 물건이랍니다…… 그럼
나랑 같이 가보시죠. 얘기를 들어 본 다음, 토지며 수
입이며 이런 생활이 맘에 드신다면, 난 당신들의 충실
한 양치기가 되기로 하고, 당장 당신들 돈으로 그걸
사기로 하죠. (코린 퇴장, 세 사람이 일어서서 그 뒤를 따라
퇴장)

제 5 장

추방당한 공작의 동굴 앞.
에미언즈·제이퀴즈, 등나무 아래 앉아 있다.

에미언즈 (노래)

　　　푸른 나무 밑에

　　　나랑 같이 누워서

　　　새들의 달콤한 지저귐에 맞추어

　　　즐겁게 노래를 부르고 싶은 사람은……

　　　오라, 오라, 이리로 오라

　　　이곳에는 적도 없고

　　　적이라곤

　　　겨울철의 한풍뿐.

제이퀴즈 한 곡 더, 한 곡 더, 어서 한 곡 더.

에미언즈 제이퀴즈 씨, 한 곡 더 하면 당신이 우울해질
　　　텐데요.

제이퀴즈 그게 고맙단 말이오…… 한 곡 더, 부디 한 곡
　　　더. 난 노래에서 우울증을 빨아먹을 수 있거든. 족제
　　　비가 달걀 속을 빨아먹듯이 말이오…… 한 곡 더, 제
　　　발 한 곡 더.

에미언즈 내 음성은 쉬어 있어서 당신 마음에 들지 않을
거요.

제이퀴즈 내 마음에 들어 주길 바라는 것이 아니라, 난 노
래를 불러 주길 바라오…… 자, 한 곡 더, 다른 것으
로. 요즘 말로 스탠자[節]라든가 뭐라든가를 말이오.

에미언즈 제이퀴즈 씨, 명칭은 당신 마음대로.

제이퀴즈 아니오, 명칭은 나도 상관하지 않소. 무슨 대차
(貸借) 관계라도 있는 건 아니니까요. 그래, 노래는
해주겠소?

에미언즈 별로 생각은 없지만, 그럼 요청하시니 한 곡 더.

제이퀴즈 하긴 나도 남에게 감사해하는 사람은 아니지만,
당신에게는 감사하오. 하지만 인사라는 건 원숭이 두
마리가 길에서 만나는 것과 같다 할까요. 누가 진심으
로 나에게 고맙다고 하면, 나에게서 2펜스 받더니 거
지같이 감사를 해오는구나, 이렇게 나는 생각하거든
요…… 자, 노래를 불러 주시오. 노래를 부르고 싶지
않은 분은 입을 다물고 있으시오.

에미언즈 그럼 노래를 끝내겠소…… 여러분, 주안상 준비
를 하시오…… 공작님이 이 나무 밑에서 한잔 드시기
로 돼 있으니까요…… 공작님은 오늘 온종일 당신을
찾고 계셨습니다. (몇 사람, 나무 밑에 주안상을 준비한다)

제이퀴즈 그런데 난 오늘 하루종일 공작님을 피해 다녔지
      요…… 그 어른은 입심이 세서 어디 상종할 수가 있
      어야죠…… 나도 그 어른만큼은 이치를 따지는 사람
      이지만, 그러나 하느님께 감사하고, 그까짓 것을 자랑
      삼진 않소이다…… 자, 노래를, 자. (노래, 모두들 합창
      을 한다)
            야욕을 버리고
            즐겁게 양지 속에 살며……
            내 손으로 음식을 찾아
            그것으로 만족하는 사람들아……
            오라, 어서 이리로 오라
            이곳에는
            적도 없고, 다만
            겨울의 한풍이 있을 뿐이로다.
제이퀴즈 이 곡조에 맞는 노래를 한 곡 들려 드리죠. 이
      제 흥도 나지 않는데, 억지로 만든 곡이외다.
에미언즈 그건 내가 부르죠.
제이퀴즈 그건 이렇소.
            만약에 누가
            바보가 되어 가지고……
            돈도 안락도 버리고
            고집을 만족시키려거든

            덕대미, 덕대미, 덕대미
            이곳에 와서 보라
            바보들 천지다……
            와서 나를 봐도 알지

에미언즈 덕대미란 무슨 뜻이지?

제이퀴즈 그건 그리스의 주문인데, 바보들을 무리하게 불
         러 낼 때 쓰는 거요. 이제 가서 잠이나 청해 볼까. 잠
         을 청하지 못한다면, 우리를 추방한 훌륭한 분들을 모
         두 욕이나 해줘야지.

에미언즈 나는 공작님을 찾으러 가봐야겠소, 주안상은 다
         준비가 됐으니까. (제각기 나른 방향으로 퇴장)

제 6 장

숲 변두리의 빈터.
올랜도와 애덤 등장.

애 덤 도련님, 이젠 전 한 발자국도 더 가지 못하겠습니
다. 아, 배가 고파 죽겠어…… (쓰러진다) 전 여기 누
워서, 내 무덤의 길이나 재겠습니다…… 그럼 안녕히,
친절한 도련님.

올랜도 아니, 왜 이래요, 애덤 영감! 이젠 더 기운이 없단
말이오? 좀더 기운을 내요, 좀더 맘 편히 먹고 좀더
기운을 내요. 만약 이 적적한 숲에 야수 같은 것이라
도 있다면, 내가 그놈의 밥이 되든가, 그놈을 잡아다
가 영감님께 먹게 해드리든가 할 테니까…… 영감은
기운이 지친 것이 아니라 기분상 죽어 가고 있는 것이
오…… (애덤을 일으켜 세워서 나무에 기대 앉힌다) 나를 봐
서라도 기운을 내고 죽음일랑 좀 떼밀어 버려요. 금방
다녀오겠소. 만약 먹을 것을 아무것도 안 가져오거든,
그때는 죽어도 좋소. 하지만 내가 돌아오기 전에 죽으
면, 영감은 내 수고를 조롱한 것밖에 안 되오…… (애
덤, 희미하게 웃는다) 자, 어디 숨을 곳으로 데려다 드리

죠…… 이 적적한 곳에 무슨 생물이 있는 한은, 영감
을 먹을 것이 없어서 죽게는 내버려두지 않겠소……
자, 더 기운을 내요, 착한 애덤. (애덤을 데리고 퇴장)

제 7 장

주방딩한 공작의 동굴 앞.
나무 밑 식탁에는 과일과 술이 놓여 있다. 공작과 귀족들이 식
탁 앞에 앉아 있다.

전 공작   그 친구는 짐승으로 둔갑해 버렸는가 보지. 사람
　　　　 모습을 한 그 친구의 꼴은 그림자도 찾아볼 수 없으
　　　　 니 말이야.

귀족1   공작님, 그분은 지금 방금 이곳에서 달아났습니다.
　　　　 쾌활하게 노래를 듣고 있다가요.

전 공작   부조화로 뭉친 그 작자가 음악을 좋아하게 되다
　　　　 니, 그럼 이젠 천체의 조화가 깨질 판이로군. 가서 찾
　　　　 아봐요, 내가 할 얘기가 있다고 해요.

제이퀴즈가 나무 사이로 오고 있는 것이 보인다. 얼굴에는 미소
를 짓고 있다. 그 뒤에는 에미언즈가 따라오고 있다. 에미언즈
는 다가와서 공작 옆 식탁 앞에 조용히 앉는다.

귀족1   저렇게 자기 발로 오니 제 수고가 덜어졌습니다.

전 공작   아니, 이것 봐! 대체 어찌된 거야? 불쌍하게도
　　　　 사람들이 자네와 같이 있고 싶어하니. 원, 자넨 퍽이

나 즐거운 모양이네!

제이퀴즈 (웃음을 터뜨리면서) 바보가, 바보가! 숲속에 바보
가 있잖겠어요, 바보옷인 얼룩옷을 입은 바보가……
아이고, 비참한 이 세상 좀 보게! 이 눈으로 바보를
하나 봤습니다. 누워서 햇볕을 쬐며 멋들어진 말투로
운명의 여신을 욕하고 있었는데, 그게 여간 명문구가
아니었답니다. 하지만 얼룩옷 입은 바보임엔 틀림없
죠…… '안녕하오, 바보 양반' 하고 내가 말을 거니까,
그 친구는 '아니오, 하느님이 복을 내려 주실 때까진,
날 바보라고 부르지 마시오.' 하고 대답하더군요. 그
리고 곧 주머니에서 시계를 꺼내 가지고, 광채 잃은
눈으로 들여다보면서, 아주 영리하게 이렇게 중얼거
리더군요. '지금 열 시로구나. 이걸로 봐도 알지만, 세
계는 움직이고 있다. 한 시간 전만 해도 겨우 아홉 시
였는데, 이제 한 시간 후에는 열한 시가 되겠구나. 이
래서 우린 한 시간 한 시간 익어 가며, 또한 한 시간
한 시간 우린 썩어 가는구나…… 이래서 문제가 생기
는 거야……' 얼룩옷 입은 바보가 시간에 관하여 그렇
게 설법하는 것을 듣고 바보도 그렇게까지 명상적인
가 하고, 내 허파는 수탉같이 우렁차게 웃음을 터뜨리
며 웃어댔지요. 그 작자의 시계로 한 시간을 쭉……

아이고 고상한 바보 같으니! 아이고 훌륭한 바보 같으니! 얼룩옷만이 입을 만한 옷입니다.

전 공작 대체 어떠한 바보던가?

제이퀴즈 훌륭한 바봅니다…… 대궐에도 있어 봤다는데요. 젊고 아름다운 부인들만 있다면, 곧 그걸 알아볼 수 있다나요. 그런데 그 작자 머리는 항해 후에 남은 비스킷처럼 바싹 말라 있지만, 그안에는 관찰해 온 기묘한 얘기들을 잔뜩 처넣어서, 뒤죽박죽 토해 놓고 있었습니다…… 오, 나도 바보가 돼봤으면! 아이고 그 얼룩진 바보옷 좀 입어 보고 싶군.

전 공작 한 벌 입혀 주겠네.

제이퀴즈 그야말로 저의 소원입니다.…… 하지만 공작님의 생각 속에 무성하고 있는 것들 중에서, 저를 현자로 보시는 견해만은 뽑아내 버리십시오…… 전 자유를 가져야겠습니다. 바람같이 크나큰 특권을 가지고서, 바보처럼 맘대로 누구한테나 불어내 봐야겠습니다. 바보가 그렇습니다. 그런데 내 바보짓에 심히 시달리는 사람들이 가장 많이 웃어야 합니다. 예, 그 까닭이라뇨? 그 까닭은 마을 교회길보다도 더 환합니다. 글쎄 멋들어지게 바보에게 얻어맞은 사람이 아파도 그저 안 아픈 체하지 않으면, 정말 바보 취급을 당

하니까요. 안 그러면 현자의 미욱함이 바보의 마구 쏘
는 눈총에조차 샅샅이 드러나고 말 테니까요…… 제
게도 바보의 얼룩옷을 입혀 주시고, 맘대로 말을 하게
해주십시오. 그러면 전 이 병든 세계의 더러운 몸뚱이
를 속속들이 씻어 내겠습니다. 제 처방을 순순히 받아
준다는 조건 아래 말입니다.

전 공작 자네가 뭘 하고 싶어하는진 나도 짐작할 수 있지.

제이퀴즈 그럼 한푼 걸어도 좋습니다. 제가 좋은 일 말고
다른 짓을 할 것 같습니까?

전 공작 죄를 비난하는 것이 곧 가장 흉악한 죄지 뭔가.
원래 자네는 건달이고, 짐승의 본능같이 관능석이고,
부어 산치며 곪은 병 등은 모두 자네가 방탕해서 몸
에 지니게 된 것이면서도, 이제는 그것들을 세상에 토
해 놓고 싶어하다니.

제이퀴즈 원, 오만을 비난한다고 해서, 그 어떤 특정인을
책망하는 것은 아니지요. 오만은 바닷물같이 엄청나
게 흘러서, 마침내는 자기의 재산까지 썰물같이 돼버
리게 하고 말지 않습니까? 이를테면 내가 도시 여자
보고, 주제넘게 어깨에다 왕후 같은 사치를 걸치고
있다고 말한다고 해서 내가 도시의 어떤 특정한 여자
를 지목한 것은 아니잖습니까? 누가 나서서 이건 자

기를 두고 한 것이라고 말할 수 있겠습니까? 그 여자
이웃에도 그같은 여자가 있으니까요. 또는 직업이 천
한 어떤 사내를 보더라도, 그는 자기를 두고 말하는
줄 알고, 나보고 이 호화스런 옷은 네 돈으로 산 것
이 아니잖느냐고 따지면서, 내 말의 의도대로 자기의
미련함을 나타내고 말 사람은 없잖습니까? 자, 그럼
…… 어떻습니까?…… 의견을 좀…… 자, 어떤 점에
서 내 독설이 남에게 해를 줬는지요? 내 독설이 옳다
면 그건 상대방이 나쁘다는 증거이며,. 비난받을 까닭
이 없다면 내 독설은 아무한테도 시비를 받지 않고
들거위처럼 그냥 날아갈 뿐이죠…… 그런데 참, 저기
누가 오나?

올랜도가 칼을 빼들고 나타난다.

올랜도 가만 있어, 먹지 마.

제이퀴즈 아니, 난 아직 먹지 않았는데.

올랜도 앞으로도 먹지 말고, 이쪽 만족이 채워질 때까지
　　기다려.

제이퀴즈 대관절 이 수탉새낀 어디서 나온 씨야?

전 공작 이봐, 그대가 이렇게까지 당돌하게 나온 것은 궁
　　색하기 때문인가? 또는 예의범절을 무시하는 천한 마

음씨 때문인가?

올랜도　처음 말이 내 맥박에 맞았소. 가시같이 날카로운 궁
색 때문에 예절의 체면도 잊어버렸지만, 이래봬도 문
안〔城內〕 태생으로 교육도 조금은 받은 사람이오……
하지만 가만 있으란 말야. 내 용무가 만족되기 전에,
이 과일에 손을 대는 놈은 죽을 줄 알아.

제이퀴즈　(건포도 송이를 하나 집어들면서) 이치로 따져 봐도
소용없는 분이라면, 난 죽어도 할 수 없지.

전 공작　그래, 뭘 원하는가? 완력을 가지고 친절을 강요
하는 것보다는, 점잖게 하는 것이 더 효과적이지 않겠
는가?

올랜도　나는 배가 고파 죽을 지경이오. 먹을 것 좀 주시
오.

전 공작　식탁에 앉아서 먹구려, 환영하겠으니.

올랜도　그렇게 친절하게 말씀하십니까? 제발 용서해 주십
시오…… 실은 이런 곳은 모두 야만적인 줄만 알고
표면상으로 그만 엄한 명령조로 나왔습니다. 하지만
어떤 분들인진 모르지만, 인적이 드문 이 적적한 곳,
음산한 가지 그늘 밑에서 지나가는 시간도 잊고 한가
하게 지내는 당신들도 한때는 좋은 날을 보고, 종소리
가 교회로 이끄는 곳에 살고, 착한 이들의 잔치에 가

보고, 또는 그 눈꺼풀에서 눈물을 씻어내고, 동정과
연민의 정을 알던 경험이 있으시다면, 난 점잖은 말로
내 욕망을 이루기를 바라며 얼굴을 붉히면서 칼을 도
로 집어넣겠습니다.

전 공작 우리도 사실 한때는 좋은 날도 보고, 거룩한 종
소리에 교회로 나가고, 선인들의 연회에도 가보고,
신성한 연인의 정에서 나오는 눈물을 눈에서 씻곤 하
던 경험을 가졌었지. 그러니 자, 그대도 점잖게 앉아
서, 우리의 대접을 그냥 받아들이고, 만족을 채우도
록 하게.

올랜도 그럼 잠깐만 식사를 기다려 주십시오. 나는 암사
슴같이 새끼사슴을 찾아가서, 음식을 먹여 주고 오겠
습니다…… 실은 불쌍한 노인이 한 사람 있는데, 순
정에서 나를 따라 고단한 발을 끌고 온 분입니다. 그
분에게 노령과 기아라는 두 가지 불행에 지친 그분에
게, 먼저 먹이기 전까지는 난 한입도 입에 대지 않겠
습니다.

전 공작 그럼 찾아봐요, 돌아올 때까지 우리도 손을 대지
않을 테니까.

올랜도 감사합니다. 그와 같은 친절에 복이 내리소서!

　(퇴장)

전 공작 알고 보니 불행한 것은 우리만이 아니로군. 이 넓은 세계의 무대는 우리가 맡아 하는 장면보다 한층 더 비참한 광경을 보여 주고 있군.

제이퀴즈 세계는 온통 무대입니다. 그리고 남녀는 모두 배우에 불과하지요. 퇴장했다 등장했다 하는 남자는 생전에 여러 역을 맡아 하며 일생은 7막으로 구분됩니다…… 처음은 아기로서 유모 팔 안에 안겨 앙앙 울고 침을 질질 흘립니다. 다음은 투덜거리는 학교 아동인데, 가방을 메고 아침에는 빛나는 얼굴을 하고 달팽이 가듯 마지못해 학교에 갑니다. 그 다음은 연인. 용광로같이 한숨을 쉬고, 애인의 이마에 두고 슬픈 노래를 짓습니다. 다음은 병정인데 기묘한 맹세들을 늘어놓고, 수염은 표범 같고, 체면을 몹시 차리고, 싸움은 번개같이 재빠르고, 거품 같은 공명을 위해서는 대포 속에라도 뛰어듭니다. 다음은 법관으로, 살찐 식용닭이란 뇌물 덕분에 배는 제법 뚱뚱해지고, 눈초리는 무섭고, 수염은 격식대로 길러져 있고, 현명한 격언과 진부한 문구도 많이 알고 있고, 이렇게 자기 역을 맡아 합니다…… 그런데 제육기에 들어서면 슬리퍼를 신은 말라빠진 어릿광대 노인으로 변하는데, 코 위에는 안경을, 허리에는 돈주머닐 차고, 젊은 시절 간수

해 놓은 긴 양말은 말라빠진 다리에 너무 크고, 사내
다운 굵직한 음성은 아이 같은 높은 음성으로 되돌아
가서 피리같이 삑삑 소리를 냅니다…… 그리고 파란
많은 이 일대기의 끝장인 마지막 장면에는 제2의 어
린아이랄까, 오직 밍각이 있을 뿐, 이도 없고, 눈도
없고, 미각도 없고 일체 무(無)가 되는 것입니다.

　　　　올랜도가 애덤을 팔에 안고 돌아온다.

전 공작　어서 와요…… 그 노인을 내려놓고 음식을 먹여
　　　주구려.
올랜도　이 노인을 대신하여 깊이 감사합니다.
애 덤　물론 그러셔야죠. 저 자신은 고맙다고 말할 기운조
　　　차 없습니다.
전 공작　자, 어서 드시오. 괴로울 테니 지금은 그대들의
　　　신세를 묻지 않겠소. 자, 음악을 좀. 그리고 여보게,
　　　노래를 한 곡.
에미언즈　(노래한다)
　　　　불어라, 불어, 그대 겨울 바람아
　　　　네가 아무리 박정하기로서니
　　　　배은망덕한 놈들보다 더하겠느냐
　　　　네 호흡은 사나워도

너는 사람 눈에 보이지 않으니
네 이는 날카롭지도 않도다……
헤이 호, 헤이 호, 노래부르자
푸른 사철나무에게.
우정은 허위요, 애정은 추태로다
그러니, 헤이 호, 사철나무여
이 세상이 낙원이로다

얼어라, 얼어, 그대 독한 하늘아
네가 아무리 독하게 물기로서니
배은망덕한 놈들보다 더하겠느냐
네가 물을 얼릴망정
배반한 친구만큼이야
네 침이 아프겠느냐……
헤이 호, 헤이 호, 노래부르자
푸른 사철나무에게
우정은 허위요, 연애는 추태로다
그러니 헤이 호, 사철나무여
이 세상이 낙원이로다

전 공작   자네가 지금 진정으로 말한 바와 같이, 그리고
        자네 얼굴 안에 그분의 면모가 정말 내 눈에 선하게
        생생히 비쳐 보이네만, 과연 자네가 저 선량한 롤렌도

경의 아들이라면 진정으로 환영하네. 나는 자네 부친을 사랑했던 공작일세. 나머지 얘기는 내 암실로 가서 들어 보세…… 그리고 착한 노인, 주인과 똑같이 자네도 잘 왔네…… 자, 이분의 팔을 좀 부축해 드려라…… (올랜도에게) 자, 손을 이리 다오. 자네 신세에 대해 하나도 빠짐없이 낱낱이 얘기 들어 보세. (모두 동굴로 들어간다)

제 3 막

제 3 부

제 1 장

프레드릭 공작 저택 안의 한 방.
프레드릭 공작·귀족들·올리버·시종들 등장.

프레드릭 공작　그 후 보지 못했다고? 그럴 리 없어. 내 천성이 관대하지만 않았던들, 행방불명이 된 자 대신 너에게 복수를 해야 마땅할 것이다. 그러나 정신을 차리고 네 동생을 찾아봐라. 어디에 가 있는지 말이다…… 촛불을 켜들고 찾아봐. 죽었든 살았든, 열두 달 안에 찾아와. 만약 못 찾아오는 날이면 이 영토 안에서 살 생각으로 돌아오지는 말란 말이야…… 네 소유의 토지와 그 밖의 모든 것은 몰수할 만한 가치가 있는 한, 모두 다 몰수할 테다. 너에 대한 혐의가 네 동생의 입을 통해 풀리기 전에는 말이다.

올리버　아, 공작님께서 제 심정을 좀 알아 주셨으면! 전 아우놈을 사랑해 본 적이 절대로 없습니다.

프레드릭 공작　더욱더 악질이로구나…… 이놈을 문 밖으로 몰아 내라. 그리고 담당 관리를 시켜서 이놈의 집과 토지를 몰수하도록 조치를 취해라. 즉시 행동을 취하고, 이놈을 추방시켜라. (모두 퇴장)

제 2 장

숲 변두리의 빈터, 양 우리의 부근.
올랜도가 종이 한 장을 들고 등장하여 그것을 나뭇가지에 붙인다.

올랜도 내 노래여, 거기 걸려서 내 사랑의 증거가 되어
다오. 그리고 세 가지 관을 쓰는 밤의 여왕, 달님이
여, 천상의 파리한 궤도에서, 순결한 눈으로 봐 주십
소서. 내 생명을 완전히 지배하는 그대의 여자 사냥꾼
로잘린드라는 이름을…… 오, 로잘린드여…… 이 나
무를 수첩삼아 껍질에다 내 생가을 새겨 놓겠소, 이
숲속에 있는 눈이라면 모두들 당신의 미덕이 곳곳에
증명되어 있는 것을 알아보도록…… 달려라, 올랜도
야. 모든 나무에다 아름답고 정숙하고 말로는 표현 못
할 그녀의 이름을 새겨 놓자꾸나. (퇴장)

코린과 터치스턴 등장.

코 린 터치스턴, 이 양치기 생활은 마음에 드시오?
터치스턴 음, 이 생활 자체로선 썩 좋지만, 그러나 양치
기 생활이란 점에 있어선 형편없어. 고독한 점은 퍽
마음에 들지만, 적적한 점에 있어선 영 글렀어. 그리

고 또 전원 생활이란 점은 재미있지만, 궁정 생활이
아닌 점은 지루하단 말이오. 검소한 생활이라서 내 기
분에 썩 맞지만, 그러나 풍족하진 못해서 내 뱃속에서
쪼르륵 소리가 나니 말이오. 그런데 여보 양치기, 당
신은 무슨 철학이라도 갖고 있소?

코 린 나야 뭘 알겠습니까만, 이 정도는 알고 있습니다.
사람은 병이 심할수록 고통이 심해지고, 돈과 힘과 만
족이 없는 사람은 세 가지 좋은 친구가 없는 것이 되
고, 비의 본질은 적시는 것이요, 불의 본질은 태우는
것이요, 좋은 목장에서는 양들이 살찌고, 밤이 어두운
큰 원인은 해가 없는 탓이오, 천성으로나 교육으로나
지혜를 지니지 못한 사람은 좋은 교육을 받지 못한
탓이거나 멍청한 종자이기 때문이죠.

터치스턴 거, 천성의 바보 철학자가 아닌가…… 여보 양
치기, 궁정에서 지내 봤소?

코 린 지내 보다뇨, 천만에요.

터치스턴 그렇다면 당신은 지옥행이군.

코 린 설마 원…….

터치스턴 정말 지옥행이오, 한쪽만 구워진 달걀처럼 말이
오.

코 린 궁정에서 지내 보지 못했다고 해서 말인가요? 그

까닭을 좀 들어 봅시다.

터치스턴 궁정에서 지내 보지 않았다면 예절은 보지 못했을 것 아니오. 예절을 보지 못했다면, 당신의 범절은 나쁠 것 아니오. 그런데 나쁘다는 것은 죄악이거든. 그리고 죄악은 곧 지옥행이오…… 여보 양치기, 당신은 지금 위험한 상태에 놓여 있소.

코 린 천만에요, 터치스턴. 궁정의 예의 범절은 시골에 오면 우습게만 보이오. 시골 행동이 궁중에 가면 영 조롱거리가 되다시피 말이오. 당신 말마따나 궁정에서는 인사를 하는 데 손에 키스를 한다지만, 만약 궁정 사람이 양치기라면, 그런 인사는 더러운 게 아니겠쇼.

터치스턴 증거를, 어서. 자, 증거를.

코 린 그야, 우린 항상 양을 만지고 있잖습니까. 그런데 아다시피 양피는 기름지거든요.

터치스턴 하지만 궁정 사람의 손에선 땀이 안 나는가? 양 기름이나 사람의 땀이나 마찬가지잖소? 천박하오, 천박해. 더 좋은 예를 말해 봐요, 자.

코 린 게다가 우리들 손은 딱딱하거든요.

터치스턴 그렇다면 입술의 촉감은 더욱 빠를 것 아닌가? 그것 역시 천박해. 좀더 건실한 예를, 자.

코 린 그리고 양을 수술하기 때문에 손은 송진투성이인
     데, 그래 송진에 키스하란 말씀입니까? 궁정 사람의
     손은 사향으로 좋은 향기가 난다잖습니까.

터치스턴 참, 천박한 사람이로군! 좋은 고깃덩이에 비하
     면 사실 당신은 구더기밥 이로군! 현인에게 배워서
     분별 좀 차리시오. 사향은 송진보다도 천한 물건이잖
     소. 그건 고양이의 더러운 배설물이오. 여, 양치기,
     다른 실례를 말해 봐요.

코 린 당신은 워낙 궁정식의 기지를 가지고 있으니 난 손
     들겠소이다.

터치스턴 그럼 지옥행도 불사하겠단 말인가? 하느님, 이
     천박한 자를 도와 주십시오! 하느님, 이자에다 접목
     을 좀 해주십시오! 원체 나쁜 바탕이니까요.

코 린 난 진짜 노동자이외다. 난 일해서 먹고, 일해서 입
     고, 누굴 미워하지도 않고, 남의 행복을 샘내지도 않
     고, 남의 좋은 일을 기뻐하며, 내 고통일랑 참는 사람
     이외다. 그리고 나의 가장 큰 자랑이란 암양들이 풀을
     먹고 새끼양들이 젖을 빠는 모습을 보는 것이오.

터치스턴 그게 당신의 또 하나의 어리석은 죄란 말이오.
     암양과 숫양을 한군데다가 몰아붙여 놓고 밥을 벌어
     먹다니…… 방울 단 거세양의 뚜장이 노릇을 하고, 새

끼 밴 열두 달짜리 어린 암양을 당치도 않게 속여 머
리는 구부러지고 암양한텐 버림받은 늙은 숫양을 갖
다 붙이고, 그래, 이래도 지옥행이 아니라면 악마조차
도 양치기는 딱 질색일걸…… 그렇게라도 않고서는
당신은 피할 길이 없잖느냔 말이오.

코 린 아, 젊은 개니미드 나리가 오십니다. 우리 새 주인
의 오빠되는.

> 로잘린드가 이들이 있는 것을 몰라 보고 다가와서, 나무에 걸린
> 종이를 떼어 가지고 읽기 시작한다.

로잘린드 (읽는다)

동인도에서 시인노를 찾아봐도

그녀 같은 보석은 없도다, 로잘린드

그녀의 가치는 바람을 타고

온 천하에 전해지도다, 로잘린드

아무리 잘 그려진 그림도

그녀에 비하면 추하도다, 로잘린드……

다른 어떤 얼굴도 마음에 두지 말고

그녀의 미모만 생각하자꾸나, 로잘린드

터치스턴 (지팡이로 로잘린드의 팔을 가만히 치면서) 그런 식의
노래라면 나 같으면 여덟 해라도 계속해서 지어 내겠
는걸. 다만, 점심 저녁 식사때와 잠잘 때만 빼놓고,

그건 마치 버터 장수 아낙네들이 시장에 가는 식의
노래가 아닌가.

로잘린드 저리 가요, 바보 같으니…….

터치스턴 (노래조로)

예를 하나 듭시다……
숫사슴이 암사슴 그리울 때면
와서 찾아라, 로잘린드
고양이와 고양이가 연애를 하면
못지않게 연애를 한다, 로잘린드
겨울 옷은 안을 넣어야지
훌쭉한 그녀도 안을 넣어야지, 로잘린드
베어서 볏단으로 묶어서
마차에 신자꾸나, 로잘린드
달디단 알맹이는 쓰디쓴 껍질
그런 알맹이로다, 로잘린드
향긋한 장미꽃 만난 남자는
사랑의 가시 만나리라, 로잘린드

이건 뛰는 식의 아주 엉터리 노래요. 대체 어쩌자고
그 나쁜 물이 드셨소?

로잘린드 쉬, 미련한 바보 같으니…… 이건 내가 나무 위
에서 발견한 거예요.

터치스턴 참, 거 나쁜 열매가 열리는 나무로군.

로잘린드   그 나무를 당신에게 접붙여서, 다시 또 모과나
무에다 접붙일 테야. 그렇게 하면 이 땅에서 가장 일
찍 열매를 맺을 것 아녜요. 그러면 당신은 채 반도 익
기 전에 썩어 버릴 것이고. 그것이 곧 모과나무의 본
성이잖아요.

터치스턴   드디어 말해 버리셨군. 하지만 그 말을 잘하셨
는지 못하셨는지는 이 숲에게 판단하라고 합시다.

실리아가 다가오며, 역시 종이쪽지를 읽고 있다.

로잘린드   쉬! 동생이 뭘 읽으면서 오는군. 우린 좀 비켜
서요. (두 사람이 나무 뒤로 숨는다)

실리아   (읽는다)

왜 이렇게도 쓸쓸한 곳일까

사람이 살지 않기 때문에? 아니다

나무마다 혀를 걸어서

세련된 말들을 노래하게 해야지

혹은 짧은 인생

방랑의 순례 끝나도

한 뼘밖에 안 되는

수명을 노래하게 하고

혹은 친구간의 영혼의

깨어진 맹세를 노래하게 하자
그러나 예쁜 나뭇가지에다는
혹은 마디마디 끝에다는
로잘린드 이름을 적어 놓고
읽는 사람 누구에게나 알리자꾸나
하늘이 그 작은 몸에 보여 주시는
온갖 정령의 정수를
그러니 하늘은 자연에게 명하여
세상의 온갖 미를 모두 모아다가
단 한 몸만을 채우게 했도다
그러자 자연은 이미 정수를 빼냈도다
헬레네의 마음 말고 그 볼을
클레오파트라의 존엄을
애탈랜터의 미모를
루크리스의 정조를
이렇게 훌륭한 로잘린드는
신들의 모임으로 말미암아
얼굴이나 눈이나 마음이나
다시없이 귀중하게 만들어졌도다……
하느님은 그녀에게 그런 아름다움을 주시고
나는 그녀의 노예로서 살다 죽으리라

로잘린드 오 친절한 설교사여, 사랑의 설교를 가지고 그
렇게 지루하게 교구민들을 괴롭히고서도 '좀 참아 주
시오, 여러분!'이라고조차 말을 하지 않다니.

실리아 (깜짝 놀라서 돌아다보며, 종이쪽지를 떨어뜨린다) 어머
나, 이렇게 뒤에서들! 코린, 당신은 좀 저리 가 있어
요…… 그리고 바보양반도 저리 가 있어요.

터치스턴 여, 양치기, 우린 정정당당하게 퇴각합시다……
행장 아니라 배낭을 들고서. (터치스턴이 종이쪽지를 주
워 들고 코린과 함께 퇴장)

실리아 그 노래 들었어요?

로잘린드 음, 모두 들었어. 너무 많이 들었어. 글쎄 그 중
어떤 노래는 운각(韻脚)이 너무 지나칠 정도야.

실리아 그건 상관없잖아요. 운각이 뜻을 살리잖아요.

로잘린드 하지만 운각이 절름발이라서 뜻을 전하지 못하
고, 그 노래 안에서 절룩거리고 있잖아.

실리아 하지만, 언니 이름들이 근처 나무들에 걸려 있고
새겨져 있는 것을 보고서도 언닌 놀라지 않았어요?

로잘린드 네가 오기 오래 전부터 놀라고 있었단다. 글쎄
좀 봐. 여기 이 종려나무 위에도 걸려 있잖니…… 윤
회 생사 피타고라스 시대부터 내가 이렇게 노래불려
진 건 처음이야. 그 당시 난 아이레의 쥐였었는지도

모르지만, 지금은 거의 기억이 없어.

실리아 누가 이런 짓을 하는지 알겠어요?

로잘린드 남자일까?

실리아 그리고 전에 언니가 차고 있던 목걸이를 그분이
　　　차고 있어요! 아니, 안색이 달라지시네!

로잘린드 애, 누구지?

실리아 오, 하느님, 하느님! 동무와 동무가 만나기는 어
　　　려운 일이에요. 하지만 산과 산은 지진에 움직여서 만
　　　날 수도 있어요.

로잘린드 애, 정말 누구냔 말이야?

실리아 설마 언니가 모를라고?

로잘린드 아냐, 정말 간절히 부탁하니 좀 말해 봐, 누군
　　　지를.

실리아 어머 이상해라, 어쩌면 이렇게 이상할까! 아, 이
　　　상도 해라. 뭐라고 말할 수조차도 없네!

로잘린드 어머, 내 얼굴빛 좀 봐! 내가 남자 복장을 하고
　　　있다고 해서, 마음까지 조끼와 바지로 변해 있는 줄
　　　아니? 조금만 더 지체하면 남양 항해라도 불사할 테
　　　야. 제발 어서 좀 말해 봐. 누구 말이니, 어서. 더듬
　　　더듬 네 입에서 그 비밀의 이름이 쏟아져나와 줬으면
　　　좋겠구나. 좁다란 병 목에서 술이 한꺼번에 쏟아져 나

오든가 꽉 막혀 버리든가 하듯이 말이야. 자, 네 입의 마개를 좀 빼봐. 그래야 그 소식을 내가 마실 수 있을 것 아니냐.

실리아　그분을 언니 뱃속에다 넣어 버리게 말인가요.

로잘린드　하느님이 만드신 분이시지? 대체 어떤 분이야, 그 분은? 머리에 모자가 어울릴 만한 분인가? 턱에는 수염이 어울릴 만한 분인가?

실리아　아니에요, 수염이 조금 나 있을 뿐예요.

로잘린드　하지만 그분이 감사하는 마음만 가졌다면, 수염은 하느님이 더 많이 주실 것 아니냐. 난 그분의 수염이 자랄 때까지 기다리겠어. 네가 그분 턱 얘기만이라도 지체하지 않는다면 말이야.

실리아　젊은 올랜도라는 분이에요. 그때 그 장사의 뒤꿈치와 언니의 심장을 한꺼번에 걷어찬 분 있잖아요.

로잘린드　거짓말 하면 죄받아. 그러니 얌전한 얼굴로 정직한 처녀답게 말해 봐.

실리아　정말이야, 언니. 그분이에요.

로잘린드　올랜도?

실리아　음, 올랜도.

로잘린드　어머나, 이 같은 조끼와 바지의 남장을 어떡하면 좋을까? 네가 만났을 때 그분은 뭘 하고 계시던?

뭐라고 하시던? 표정은? 무슨 옷을 입고 계시던? 이
곳엔 무슨 일로? 내 소식 물으셨어? 어디 계시다던?
너와 어떻게 작별했지? 한 마디로 대답해 봐.

실리아 그러자면 먼저 거인 가겐튜어의 큰 입을 빌려야
해요. 지금 세상의 입의 크기를 가지고서는 도저히 얘
기할 수 없으니까요. 질문의 하나하나에 대해서 긍정
과 부정을 하기는 교리문답하기보다도 어려워요.

로잘린드 하지만 내가 이 숲속에서 남자 복장을 하고 있
는 걸 그이가 알고 있을까? 그인 씨름하시던 그때처
럼 활발하시던?

실리아 연애하는 사람의 질문에 대답하기보다는 먼저 수
를 세기가 더 쉬워요. 하지만 내가 그분을 발견한 것
을 고맙게 생각하시고 잘 감미하세요. 내가 나무 밑에
서 발견했을 때 그분은 떨어진 도토리 같았어요.

로잘린드 그런 열매가 떨어지는 나무라면, 그 나무는 조
브 신의 나무일지도 몰라.

실리아 내 말 좀 들어 봐요, 네?

로잘린드 어디 말해 봐.

실리아 그곳에 그분은 쭉 뻗고 드러누워 있었어요. 상처
입은 기사처럼.

로잘린드 보기엔 딱한 광경일지라도, 그 배경엔 잘 어울

릴 거야.

실리아 언니 혀를 좀 나무라 줘요. 불쾌하게 너무 날뛰잖
아…… 그분은 사냥꾼의 복장을 하고 있었어요.

로잘린드 아, 불길해라! 그인 내 심장을 죽이러 왔나 보
네.

실리아 그렇게 반주 넣지 마세요…… 언니가 장단을 깨뜨
려 버리잖아.

로잘린드 난 여자잖니? 그러니 생각을 말하지 않을 수 없
잖니…… 얘, 어서 계속해 봐.

올랜도와 제이퀴즈가 나무 사이로 오고 있다.

실리아 언니도 참…… 쉬, 그분이 오나 봐요.

로잘린드 그이로군…… 좀 비켜서서 지켜 보자꾸나.

실리아와 로잘린드는 나무 뒤에 숨어서 엿듣는다.

제이퀴즈 이렇게 나와 같이 있어 줘서 고맙소…… 하지만
실은 나는 혼자 있고 싶었다오.

올랜도 나 역시 그렇소. 하지만 예의상 댁하고의 교제를
감사해 합니다.

제이퀴즈 그럼 안녕히 계세요, 앞으로는 되도록 만나지
맙시다.

올랜도   제발 서로 낯설게 지냅시다.

제이퀴즈   그러나 제발 나무껍질에 연가(戀歌)를 새겨서
        나무를 상하게는 하지 마시오.

올랜도   당신도 제발 엉터리로 읽어서 내 노래를 상하게
        하지 마시오.

제이퀴즈   로잘린드가 당신 애인 이름이오?

올랜도   예, 그렇습니다.

제이퀴즈   그 이름이 내 마음에 들지 않는군.

올랜도   그런 이름이 지어질 때 당신 마음에 들도록 한 것
        은 아니었으니까요.

제이퀴즈   키는 얼마나 되오?

올랜도   꼭 내 심장에 닿는 키요.

제이퀴즈   대답이 참 근사하군. 그건 대장장이네 아낙네
        들과 사귀어서 반지의 이름에서 외어 담은 문구가 아
        니오?

올랜도   천만에요. 그저 벽걸이에 있는 대로 대답하고 있
        을 뿐입니다. 댁의 질문도 거기에서 배운 것 아닙니
        까?

제이퀴즈   머리가 어지간히 빠르신데. 발이 빠른 애탈랜터
        의 뒤축으로 된 모양이군…… 자, 우리 같이 앉아서
        우리네 여자 주인이라고나 할 이 세상과 우리의 불행

에 대해 욕이나 해줍시다그려.

올랜도   이 세상에서 나는 나 이외는 아무도 책망하고 싶지 않습니다. 나 자신이야말로 가장 많이 비난받을 사람입니다.

제이퀴즈   당신의 가장 큰 실수는 연애를 하고 있다는 점이오.

올랜도   그 실수를 당신의 가장 좋은 미덕하고도 바꾸지 않을 거요…… 당신은 지루한 사람이군.

제이퀴즈   실은 당신을 만났을 때 난 어떤 바보를 찾고 있던 중이었지요.

올랜도   그 바보는 개울에 빠져 있습니다…… 들여다보시오, 보일 데니.

제이퀴즈   그야, 내 자신의 모습이 들여다보일 테지.

올랜도   그것이 곧 바보 아니면 영(零)이란 말입니다.

제이퀴즈   당신과는 이만 헤어져야겠소. 안녕히 계세요, 연애하는 양반. (인사를 한다)

올랜도   떠나 주신다니 고맙습니다. (인사를 한다) 그럼 또 뵙시다, 우울한 양반. (제이퀴즈 퇴장)

로잘린드   (실리아에게) 난 건방진 시동처럼 저이한테 말을 걸고, 그런 가장 아래 장난도 좀 쳐볼 테야. (큰 소리로) 여보세요, 사냥꾼 양반!

올랜도 아, 무슨 용무요?

로잘린드 저, 지금 몇 시인가요?

올랜도 차라리 지금이 며칠인가나 물어 보시지, 숲속에
　　　시계는 없으니까요.

로잘린드 그럼 숲속에는 진짜 연인은 없는가 보죠. 있다
　　　면 일분 일분의 한숨과 시간 시간의 신음이 시간의
　　　느린 걸음을 시계같이 맞춰 낼 것 아녜요.

올랜도 시간의 빠른 걸음이라고 하면 안 되는가요? 그런
　　　표현이 더 알맞잖을까요?

로잘린드 절대로 안 그래요. 시간의 걸음걸이는 사람마다
　　　달라요…… 시간이 어떤 분과 천천히 걷는지, 어떤 분
　　　과는 빠르게 걷는지, 어떤 분과 빠르게 달리는지, 어
　　　떤 분과 가만히 서 있는지 얘기해 드릴까요?

올랜도 대체 어떤 사람의 경우에 천천히 걷는가?

로잘린드 젊은 처녀의 약혼과 결혼 날짜 사이에서는 천천
　　　히 걷지요. 그 사이가 이레밖에 안 되는 경우도 시간
　　　의 속도는 어찌나 느리던지 칠 년같이 길게 생각되는
　　　법이랍니다.

올랜도 그럼 어떤 사람의 경우에 시간은 빨리 걷는가?

로잘린드 라틴어를 모르는 목사나, 통풍(通風)을 앓지 않
　　　은 부자의 경우가 그래요. 그런 목사는 공부할 수 없

으니 잠을 잘 자고, 그런 부자는 아프지 않으니까 즐 겁게 살잖아요. 전자는 살을 깎아 가며 쓸데없는 공부 를 할 필요가 없고, 후자는 비참하고 지루한 가난의 고생을 모르거든요…… 그런 경우에 시간은 빨리 가 는 법이에요.

올랜도 그럼 어떤 사람의 경우에 마구 질주하는가?

로잘린드 교수대로 끌려가는 강도의 경우가 그래요. 아무 리 천천히 발을 옮겨 디뎌도, 너무 빨리 도착하는 것 만 같거든요.

올랜도 그럼 어떤 경우에 시간은 가만히 서 있는가?

로잘린드 휴가중의 변호사가 그래요. 개정(開廷)과 개정 사이는 잠을 자고 있으니까, 시간이 어떻게 움직이는 지 모르거든요.

올랜도 귀여운 젊은이여, 어디 사시오?

로잘린드 누이동생인 저 양치기 처녀와 함께, 이곳 숲 변 두리, 속치마 가장자리 같은 곳에 살고 있지요.

올랜도 이곳 태생인가?

로잘린드 글쎄, 토끼는 태어난 곳에서 살고 있잖아요. 그 와 같아요.

올랜도 하지만 이렇게 외진 곳에서 습득할 수 있는 말씨 치곤 좀 고상한데.

로잘린드 흔히들 저보고 그런 말을 하지요. 하지만 실은
저의 아저씨인 늙은 목사님이 계시는데 그 어른한테
말을 배웠어요. 그 어른은 젊은 시절 성 안에서 지내
셨는데…… 그곳에서 연애도 해봐서, 그런 격식도 잘
알고 계세요…… 나는 그 어른이 연애에 대해서 비판
하시는 것을 여러 번 들었어요. 그리고 그 어른은 여
성 전체를 비난하며 소름이 끼치는 죄악을 뒤집어씌
웠는데, 난 여자가 아닌 것을 하느님께 감사하고 있
어요.

올랜도 그럼, 그분이 여자의 죄악이라고 비난한 결점들
중에 중요한 것을 좀 기억하고 있나?

로잘린드 중요한 것이라곤 하나도 없었어요. 모두 반푼짜
리 동전처럼 똑같고, 낱낱의 결점은 망측하게 보이나,
다음 결점이 또한 못지않게 망측하거든요.

올랜도 그 중 몇 개를 좀 얘기해 줄 수 없겠나?

로잘린드 싫어요, 괜히 환자 아닌 사람한테까지 내 치료
법을 말해 주긴 싫어요…… 글쎄, 어떤 남자가 이 숲
을 돌아다니면서 나무껍질에다 '로잘린드'라는 이름을
새겨 가지고 어린 나무들을 망치고, 또는 모과나무에
다 시를 걸어 놓고 가시덤불에다 비가(悲歌)를 걸어
놓곤 하는데, 정말 모두 로잘린드라는 이름을 찬미하

는 노래들이에요. 그 연애쟁이를 만나면 좋은 처방을
가르쳐 줄 생각입니다. 그분은 연애의 열병에 걸려 있
는 모양이니까요.

올랜도 내가 바로 사랑의 열병에 걸린 그 사람이오, 치료
법을 제발, 좀.

로잘린드 우리 아저씨가 말씀하신 증세를 당신에게선 전
혀 볼 수 없는걸요. 연애하는 남자를 알아보는 방법을
아저씨가 가르쳐 주셨지요. 그런데 당신은 확실히 사
랑의 동심초 바구니 속에 포로가 된 사람 같지가 않
은걸요.

올랜도 그 증세란 건 어떻소?

로잘린드 볼이 여위는네, 당신은 안 그렇잖아요. 얘기도
싫어하는데, 당신은 안 그래요. 수염을 깎지 않는다는
데, 당신은 안 그래요, 하지만 이 점은 용서해 드리겠
어요. 당신 수염의 분량은 오직 막내몫밖에 안 돼서
그런 것이니까요. 그 다음, 당신의 긴 양말은 매어 있
지 않고, 모자끈은 풀어지고, 소매 단추는 끌러져 있
고, 구두끈도 풀어져 있고, 그래야 할 것 아녜요. 그
런데 당신은 그렇지 않잖아요. 아니, 오히려 말쑥한
옷차림에다가, 남을 사랑하고 있는 사람 같다기보다
는 당신 자신을 사랑하는 사람 같은걸요.

올랜도 이봐, 내가 연애하고 있다는 것을 그대가 믿어 줬
으면 좋겠어.

로잘린드 내가 그걸 다 어떻게 믿어요! 차라리 당신이 사
랑하는 그 여자보고 믿으라는 것이 더 빠를 거예요.
그 점에 대해서는 내가 보증하지만 그 여자는 입으로
는 말 안 해도 실상은 쉽게 믿어 줄 거요. 이런 점이
여자들이 줄곧 자기 양심을 속이고 있는 점이랄까…
… 하지만 정말로 당신이 나무들에다 그렇게도 로잘
린드를 찬미하는 노래를 걸어 놓은 그분이신가요?

올랜도 로잘린드의 하얀 손에 두고 맹세하지만, 내가 바
로 그 불행한 사람이오.

로잘린드 하지만 당신은 노래의 내용같이 그토록 사랑을
하시나요?

올랜도 노래나 이론을 가지고는 그 정도를 표현할 수는
없지.

로잘린드 사랑은 미치광이에 불과해요. 그러니 미치광이
와 함께 암실에 가두어서 매로 때려 주어야 해요. 그
런데 왜 그렇게 벌을 줘서 연인을 치료하지 않느냐
하면, 이 미친 병이 너무 흔해서 매를 드는 사람 역시
사랑에 빠지고 마니까 그래요…… 하지만 난 충고를
가지고 치료할 수 있어요.

올랜도 그렇게 치료해 본 경험이 있는가?

로잘린드 한 사람 있어요, 이렇게 해서요. 그 남자에게 날 자기의 애인이나 연인으로 생각하라고 하고, 매일 내게 구애를 하게 했어요. 그런데 난 변덕쟁이라서, 그때그때 경우에 따라서 슬퍼도 해보고, 나약해져도 보고, 변덕스럽게 굴어도 보고, 그리워하며 좋아해도 보고, 교만해져도 보고, 별나게 군다, 장난을 친다, 천박해진다, 불실해진다, 눈물을 쏟는다, 그리고 벙실 벙실 웃는 등, 온갖 감정을 조금씩, 그러나 어떤 감정도 진짜가 아닌 그런 짓을 했지요. 소년들이나 여자들은 대개 그런 종류의 동물이기 때문에 언제 곧 누굴 좋아하는가 하면 금빙 싫어지고, 환대하다가도 금세 모르는 체하고, 그 사람 때문에 울다가도 금방 침을 뱉고 하잖아요. 이렇게 해서 난 그 구애자를 사랑의 미치광이 같은 기분으로부터 진짜 미치광이로 몰아넣었지요. 그래서 그 사람은 분주한 세상사를 버리고서 완전히 절간 같은 구석에 살게 됐으니 말이에요…… 결국 그렇게 치료를 해주었지요. 역시 같은 처방으로 당신의 간도 성한 양 심장같이 말끔히 씻어서 사랑의 티는 한 점도 없게 해드릴게요.

올랜도 이봐, 난 치료받고 싶지 않아.

로잘린드 나를 로잘린드라고 부르시고, 날마다 내 양 우
리로 오셔서 구애를 하세요. 그러면 치료해 드릴게요.

올랜도 그럼 내 사랑의 진정에 맹세하고 그렇게 하겠어⋯
⋯ 그래, 어디에 살고 있지?

로살린드 같이 오세요, 안내해 드릴 테니. 그런데 당신은
숲속 어디에 살고 계세요? 그럼 가보실까요.

올랜도 아무렴. 즐거이 가보고말고, 친절한 청년.

로잘린드 아녜요, 날 로잘린드라고 부르셔야죠⋯⋯ (실리
아에게) 얘, 가보자. (세 사람 퇴장)

—며칠이 지났다.

제 3 장

양 우리 근처의 빈터.
터치스턴과 오드리가 들어온다. 뒤에 좀 떨어져서 제이퀴즈가
따라 들어온다.

터치스턴　이봐, 오드리, 얼른 와요. 염소는 내가 끌어다
　　줄게, 오드리…… 이봐, 오드리. 역시 내가 호남자지?
　　조촐한 내 용모가 맘에 들지?

오드리　당신의 용모가? 어머나! 어떤 용모 말예요?

터치스턴　내가 여기 너와 네 염소랑 함께 있는 건, 가장
　　염소 같은 변덕쟁이 시인, 정직한 오비드가 염소 같은
　　야만종 고트 인과 함께 있는 격이랄까.

제이퀴즈　(방백) 당치도 않은 소릴 하는 저 자식 좀 보게!
　　조브 신이 초가집에 내려와서 사는 격이랄까!

터치스턴　내 노래가 이해되지 못하거나, 내 좋은 기지가
　　영리한 아이 같은 이해로 뒷받침되지 않는 경우는, 그
　　건 작은 여관방에서 큰 호텔 값을 치르는 것과 마찬
　　가지로 지독한 일이지…… 정말이지, 하느님이 널 좀
　　시적(詩的)으로 만들어 주셨더라면 좋았을 것을.

오드리　시적이란 건 뭔가요? 행동이나 언어가 정직한 것

말인가요? 겉보기만이 아닌 진짜 말인가요?

터치스턴 아니야, 그렇잖아. 시도 진짜는 가장 거짓이니 말이야. 연인은 시에 빠지고 시에 두고 맹세를 하지만, 그건 연인들이 거짓 맹세를 하는 것이 돼.

오드리 그래서 당신은 하느님이 절 시적으로 만들어 주셨으면 하시는군요.

터치스턴 응 그래. 넌 품행이 단정하다고 내게 맹세하지만, 네가 시인이라면 네 말이 거짓말이라는 희망도 가져 볼 수 있을 것 아니냐 말이야.

오드리 품행이 단정하면 안 되나요?

터치스턴 안 되고말고, 네 얼굴이 못생기지 않은 한은 말이야. 잘생긴 얼굴에다 품행까지 단정하다면 설탕에다 꿀을 가미하는 셈이니까.

제이퀴즈 (방백) 여간 바보가 아닌걸!

오드리 하지만, 전 예쁜 얼굴이 아니잖아요. 그러니까 전 하느님 덕택에 정숙한 여자이길 바란답니다.

터치스턴 사실이지, 못생긴 추녀에게 정숙을 주는 건 더러운 접시에다 좋은 고기를 담는 격이랄까.

오드리 전 추녀는 아니에요. 하느님 덕분에 못생기긴 했지만요.

터치스턴 그럼, 네가 못생긴 데 대해서 하느님을 찬미하

자꾸나! 차차 추녀로도 될 수 있을 테지…… 그건 그
렇고, 너와 결혼을 하겠다. 그러기 위해서 이웃 마을
의 올리버 마텍스트 목사님께 부탁해 놨는데, 이곳으
로 나를 찾아와서 우리를 결혼시켜 주기로 돼 있어.

제이퀴즈 (방백) 그 회합을 좀 구경하고 싶군.

오드리 아, 하느님, 기쁨을 내려 주십시오!

터치스턴 아멘…… 겁 많은 사내 같으면, 대개는 망설이
고 이런 일은 하지 않을 거야. 여긴 절도 없고 나무만
있고 뿔이 난 짐승들밖에는 어떤 모임도 없으니 말야.
하지만 그게 다 뭐냐? 용기를 내자구! 뿔이란 징그럽
긴 하지만, 필요한 물건이거든. 다들 헤아릴 수 없을
만큼 부자가 되고 싶어한다는 속담도 있잖나. 사실 좋
은 뿔을 헤아릴 수 없을 만큼 가지고 있는 사내들도
많고말고. 그런데 그건 여편네의 지참금이지, 자기 자
신의 물건은 아니거든…… 오쟁이 지고 돋친 뿔? 그
야 그렇지. 그럼 가난뱅이들의 독점물인가? 아냐, 아
냐, 아무리 고상한 사슴도 초라한 사슴과 마찬가지로
거대한 뿔을 갖고 있잖는가…… 그럼 홀아비가 가장
행복하단 말인가? 아니지, 성벽 있는 도시가 마을보
다는 가치가 있듯이, 결혼한 사내의 뿔난 이마가 총각
의 맨숭맨숭한 이마보단 낫지. 그리고 맨손보다는 방

어물이 있는 편이 낫듯이, 뿔도 없는 것보다는 있는
것이 훨씬 더 좋고말고…… (올리버 마텍스트 목사가 다
가온다) 아, 올리버 목사님이 오시는군…… 올리버 마
텍스트 목사님, 잘 오셨습니다. 그럼 이 나무 밑에서
일을 마쳐 주시겠습니까, 혹은 댁의 예배당까지 동행
해 드릴까요?

올리버 목사 이 부인을 주는 사람은 아무도 없소?

터치스턴 난 누구에게 얻기는 싫습니다.

올리버 목사 사실이지, 누구 줄 사람이 있어야 하오. 없
다면 결혼은 합법적이 아닙니다.

제이퀴즈 (앞으로 나와서 모자를 벗고) 어서, 어서. 내가 줄
사람 역이 되어 드리죠.

터치스턴 누구인지는 모르지만, 안녕하세요? 참 잘 만났
습니다. 하느님 덕택에 지난번에도 뵈었지만…… 이
렇게 또 만나게 되니 참 기쁘군요…… 뭐, 하찮은 장
난인데요…… 자, 모자는 쓰시죠.

제이퀴즈 결혼할 건가요, 바보양반?

터치스턴 소는 멍에를, 말은 재갈을, 그리고 매는 방울을
갖고 있듯이 사람은 욕정을 갖고 있거든요. 비둘기도
입을 맞추지 않습니까. 부부끼리도 역시 그렇거든요.

제이퀴즈 그래, 당신 같이 교양 있는 분이 거지같이 덤불

밑에서 결혼을 할 참이오? 교회로 가서 좋은 목사님께 부탁하여 결혼이 뭔지 좀 들어 보도록 하시오……이 목사님은 널빤지를 붙이듯이 당신들을 붙여 놓을 뿐일 테니, 내외 중 어느 쪽의 정체는 널빤지같이 오그라들고 생나무같이 아주 휘어 버리고 말걸.

터치스턴 (방백) 그래도 난 다른 분보다는 이 목사에게 결혼시켜 달라는 게 좋을 것 같아. 이분이 정식 결혼은 안 시켜 줄 테니 말야…… 그런데 정식 결혼이 아니면, 나중에 여편네를 버리더라도 좋은 구실이 될 것 아닌가.

제이퀴즈 자, 같이 가봅시다, 충고할 얘기가 있으니까.

터치스턴 애, 예쁜 오드리, 우린 결혼해야 한다. 안 하면 야합 생활을 할 수밖에 없으니…… 그럼 또 뵙시다, 올리버 목사님. 아니……. (노래하며 춤을 춘다)

　　오, 달콤한 올리버여,

　　오, 용감한 올리버여,

　　날 버리지 말아 다오.

　　하지만……

　　가버려라,

　　없어져라,

　　네게 결혼 부탁 않을 테니. (춤을 추면서 퇴장. 제이퀴즈와 오드리도 따라 퇴장)

올리버 목사　체, 상관없어. 저런 미친 것들이 모두 대들
어서 모욕한다고, 내 성직이 모욕당할까 보냐. (퇴장)

제 4 장

숲속.

로잘린드와 실리아가 오두막집 앞길을 오고 있다. 로잘린드가
오다가 둑에 주저앉는다.

로잘린드 이제 아무 얘기도 하지 마. 난 울고만 싶으니까.

실리아 우세요, 제발…… 하지만 눈물은 남자에게 어울리
지 않는다는 지각쯤은 가져 보세요.

로잘린드 하지만 울 만한 이유가 없단 말이니?

실리아 울 만한 이유야 충분히 있고말고요.

로잘린드 그의 머리칼 빛깔부터가 거짓이란 말이야.

실리아 그의 머리칼은 예수님을 팔아먹은 가롯 유다의 빨
간 머리칼보다도 더 진해요. 그리고 그의 키스는 가롯
유다의 자식들과 똑같이 허위예요.

로잘린드 그의 머리 빛깔은 좋아, 정말이야.

실리아 좋은 빛깔이고말고요. 글쎄, 밤[栗]빛보다 더 좋
은 빛깔은 없으니까요.

로잘린드 그리고 그의 키스는 성찬의 빵에 닿는 것같이
신성한걸.

실리아 그는 다이애나[月神]가 내버린 입술을 사셨나 보

죠. 차디찬 수녀원의 수녀도 그렇게까지 정숙하게 키
스하진 않아요. 그의 키스엔 얼음장 같은 정숙함이 들
어 있어요.

로잘린드 하지만 왜 그는 오늘 아침에 오겠다고 맹세해
놓고서, 오질 않을까?

실리아 그것 봐요, 성실하지 않은 분이지 뭐예요.

로잘린드 넌 그렇게 생각하니?

실리아 음, 설마 소매치기나 말〔馬〕도둑 따위는 아니겠지
만, 그러나 사랑의 진실성에 있어서는 그는 뚜껑을 한
빈 잔이나 벌레먹은 호도같이 속이 비어 있나 봐요.

로잘린드 사랑에 부실하단 말이냐?

실리아 음, 사랑을 하고 있을 때는요…… 그렇지만 아마
도 그는 지금 사랑을 하고 있진 않아요.

로잘린드 너도 들었으면서, 그가 사랑을 하고 있다고 굳
게 맹세하는걸.

실리아 듣긴 들었지만 지금 들은 건 아니잖아요. 더구나
애인의 맹세란 건 술집 급사의 말과 같아서, 어차피
틀린 계산서를 가지고 어거지 쓰는 격이지요. 그는
이 숲속에서 언니 아버지 공작님의 시중을 들고 있다
나요.

로잘린드 나도 어제 공작님을 만나서 여러 가지 문답을

해 봤어. 공작님은 내 가문을 물으시더군. 나도 공작님께 지지 않는 가문이라고 대답했더니…… 웃으시며 나에게 잘 가라고 하셨어…… 하지만 가문 얘길 해서 뭘 한담? 올랜도 같은 분이 있는 이런 때에 말이야.

실리아 아, 근사한 분이기도 하시지. 근사하게 노래도 짓고, 말솜씨도 근사하고, 근사한 맹세를 해놓곤 근사하게 깨뜨리기도 하고…… 애인의 가슴을 스쳐 놓고 미숙한 기사같이, 한쪽 배에만 박차를 넣고, 점잖은 기러기 양반같이 창을 부러뜨리고 말예요. 하지만 젊은 이가 걸터 타고 바보가 안내하는 건 모두 근사하지 뭐야…… 어머, 누가 오나?

코린이 다가와서 인사를 한다.

코 린 아가씨, 그리고 도련님, 두 분께서 늘 물으시던 목동, 사랑에 고민하는 그 목동 말입니다. 언젠가 잔디 밭에 나하고 앉아서 사람을 업신여기는 저 교만한 양치기 처녀를 애인으로 찬양하고 있는 것을 보셨지요?

실리아 아니, 그 사람이 어쨌단 말인가요?

코 린 진정한 사랑의 창백한 얼굴빛과 건방지고 뻐기는 빨간 안색 사이에 진짜로 벌어지는 굿을 보고 싶거든, 좀 가보세요. 안내하겠습니다. 가보시겠습니까?

로잘린드　아, 가보자. 연인들을 구경하는 건 연애하는 사
람의 눈요기가 되거든. 그 곳으로 안내해 주시오. 정
말이지 나도 그 굿에 한몫 끼어 보겠으니. (모두 퇴장)

제 5 장

숲의 다른 곳.
실비어스가 피비의 뒤를 따라오면서 애걸을 하고 있다.

실비어스 (무릎을 꿇고) 예쁜 피비, 날 비웃지 말아요. 음,
피비. 날 사랑하지 않는다고 말해도 좋으니, 말만은
매정하게 하지 말아 줘요…… 천한 살인 집행인은 어
찌나 사형에 익숙해 있는지 마음은 돌 같으면서도, 숙
인 목에 도끼를 갖다 댈 때는 먼저 용서를 청한다잖
아요. 어떻게 당신이 피방운료 밥을 벌어믹는 사형 집
행인보다 더 무자비할 수야 있겠는가?

로잘린드 · 실리아 · 코린, 뒤로 해서 몰래 다가온다.

피 비 전 당신의 사형 집행인은 되고 싶지 않아요. 전 당
신을 피하고 있는 거예요. 당신께 해를 주고 싶지 않
아서요…… 제 눈에 살생력이 있다고 하시지만……
재미있고, 근사하고, 참 그럴 듯한 말씀이군요. 둘도
없이 연약하고 보드라운 이 눈이, 티끌조차 겁이 나서
문을 닫는 이 눈이, 폭군이니, 백정이니, 살인자니 하
는 이름을 받다뇨! 그럼 있는 힘을 다하여 당신을 노

려봐 줄 거예요. 이 눈이 상처를 입힐 힘이 있다면, 당신을 죽이고도 싶어요. 자, 기절한 체 가장하고 나 자빠져 보세요. 그럴 수 없으시거든, 제발 좀 창피를 깨닫고, 제 눈을 가지고 살인자니 하는 거짓말은 마세요! 어디 제 눈이 내봤나는 상처를 내보어 봐요. 바늘에 긁히기만 해도, 그 자국은 남는 법이에요. 동심초 위에 기대눕기만 해도, 상처 자국이나 눈에 띌 정도의 눌린 자국이 잠시 동안 손바닥에 남는 법이에요. 그러나 내 눈은 당신을 아무리 쏘아봐도, 상처를 내진 않아요. 그뿐 아니라 정말이지 상처를 낼 힘이 눈에는 없는걸요.

실비어스 아, 그리운 피비, 만약에…… 사실 머지않아…… 당신도 어떤 싱싱한 볼의 사랑의 마력에 걸려 본다면, 그땐 눈에 안 보이는 사랑의 예리한 화살촉이 내놓은 상처를 알게 될 거요.

피 비 하지만 그때까진 내 곁에 오지 말아요. 그리고 그 때가 오면 조롱하고 비웃으며 절 동정 해주시지 않아도 좋아요. 그때까진 나도 당신을 동정하지 않겠어요.

로잘린드 (앞으로 나오면서) 아니, 대체 당신 어머니가 누구기에, 저 불쌍한 남자를 그렇게 단숨에 모욕하고 뻐긴단 말인가? 그래, 예쁜 얼굴이 아니기로서니…… 사실 내가 보기엔 촛불 없이 어둠 속의 침실로 가야 할 용모밖에 못 되는 주제에…… 어째서 그렇게 거만하고 잔인하게 굴어야만 하는가? 요것 보게? 왜 날 그렇게 쏘아봐? 내가 보기에 당신 눈은 자연이 만든 보통 상품밖에 못 되면서? 요것 보게, 이 여잔 내 눈까지 사로잡아 버릴 셈이군. 천만에, 건방진 계집애 같으니. 그 따위 생각은 아예 하지도 마. 당신의 그 먹 같은 눈썹, 시커먼 비단실 같은 머리칼, 흑색 유리알 같은 눈, 크림빛 볼을 가지고 내 마음을 사로잡겠다고? 어림없는 소리지…… 여봐, 어리석은 목동, 왜 저런 여자 꽁무니를 따라다니는가? 안개 자욱한 남풍처럼 한숨과 눈물을 쏟아 가면서. 저 여자가 여자로서보다는 당신이 천 배나 더 남자답잖은가. 당신 같은 바보들 때문에 이 세상에 못생긴 아이들이 득실거리게 되는 거야. 저 여자가 잘난 체하는 건 거울 탓이 아니라 당신 때문이오. 자기 자신도 알 만한 그 얼굴 모양을 실제보다 더 잘생겼다고 생각한 것도 당신 때문이오…… 하지만 이봐 아가씨, 분수를 알아야지……무릎을 꿇고 단식이라도 해가며, 좋은 남자의 사랑을 얻게 된 것을 하느님께 감사해요. (피비가 로잘린드에게 무릎을 꿇는다) 당신 귀에 대고 친절하게 얘기해

쥐야겠는데, 팔 수 있을 때 팔아요. 당신은 어느 시장에서나 손쉽게 팔릴 물건은 아니니까. 이분에게 용서를 구하고 이분을 사랑하여, 순순히 이분 말을 들으란 말이오. 못생긴 주제에 남을 비웃다니, 천하에 못된 짓이지…… 그러니 목동, 이 여자를 당신 것으로 만들란 말이오…… 그럼 안녕히.

피 비 아, 사랑스러워라. 제발 일 년 동안이라도 그렇게 꾸짖어 주세요. 전 당신의 꾸지람을 듣는 것이 저이의 구애를 듣는 것보다 좋아요.

로잘린드 (피비에게) 저분은 당신의 못생긴 점에 반해 있고, (실비어스에게) 저 여잔 내 분개에 반한 모양인데, 그렇다면 저 여자가 눈살을 찌푸리고 당신에게 대하는 것과 마찬가지로, 나도 독설을 가지고 저 여잘 욕보여 줄 테요…… (피비에게) 왜 날 그런 눈초리로 보는 거요?

피 비 당신을 나쁘게 생각하지 않기 때문이에요.

로잘린드 제발 나에게 반하진 말아요. 난 술자리에서 하는 맹세보다도 믿지 못할 사람이니까요. 더구나 난 당신이 싫단 말이야…… 내 집을 알고 싶거든, 바로 이 근처 올리브나무 곁을 찾아와…… (실리아에게) 가자, 애. 이봐 목동, 바싹 구애해 봐요…… 가자, 애……

이봐 양치기 처녀, 저 사람을 좀더 잘 보고, 그렇게 도도하게 굴지 말아요…… 온 천하 사람들이 눈을 가지고 있지만 저 사람 눈만큼 속고 있는 눈은 없단 말이야…… 자, 우리 양떼한테 가보자구. (로잘린드 활발하게 걸어나간다. 그 뒤에 실리아와 코린이 따라 나간다)

피 비 (나가는 사람들의 뒤를 빤히 바라보면서) 돌아가신 전원시인, 이제야 당신의 명문구의 위력을 잘 알겠어요. '사랑하는 자, 그 누가 첫눈에 사랑하지 않았던가?'라죠.

실비어스 이봐, 피비…….

피 비 하! 뭐라고요, 실비어스?

실비어스 이봐 피비, 날 좀 동정해 달라니까.

피 비 참 안되셨어요, 실비어스.

실비어스 동정이 있는 곳엔 구제가 있는 법이오. 내 사랑의 쓰라림을 동정하신다면, 날 사랑해 주심으로써 당신의 미안한 마음도 내 마음의 쓰라림도 가시게 될 것이니오.

피 비 사랑해 드리죠…… 이웃간의 정의로 말예요.

실비어스 난 당신을 갖고 싶어.

피 비 어머나, 욕심쟁이…… 이봐요, 당신이 미웠던 시절도 있었어요. 그리고 지금도 당신을 사랑하지는 않아요. 하지만 당신이 사랑에 관해서 참 좋은 애기를 해

주시니까, 이제까지는 귀찮았지만 앞으론 참고 당신
과 같이 놀아 드리겠어요. 그리고 심부름도 시키겠어
요. 하지만 제 심부름을 하는 정도로 만족하시고 더
이상의 욕심을 내진 말아요.

실비어스 내 애정은 너무나 신성하고 완전한데다가 난 너
무나 애정에 굶주려 있어서, 추수하는 주인이 거둬들
인 뒤에 이삭을 줍는 것만으로도 크나큰 수확으로 알
겠습니다. 그러니 이따금 이삭 같은 웃음이나 던져 주
시면, 난 그거나 믿고 살겠습니다.

피 비 아까 제게 말한 그 젊은이를 아세요?

실비어스 잘은 모르지만, 가끔 만났지요. 그 영감쟁이 소
유의 오두막집과 목장을 그분이 샀다고 하죠.

피 비 물어 본다고 해서, 제가 그일 사랑한다고는 생각하
진 말아요. 건방져…… 그래도 말은 잘하더군…… 하
지만 말이 어쨌담?…… 그래도 말을 무시할 순 없지
요. 말하는 사람이 듣는 사람을 즐겁게 해주니 말예
요. 예쁘장한 청년이던데…… 그리 예쁠 것도 없지만
…… 그러나 확실히 자존심이 센 것 같은데…… 그래
도 그 자존심이 꼭 어울리더군. 근사한 성년이 될 것
같아요. 그의 취할 점은 얼굴이에요. 독설에는 부아가
나도 눈을 보면 금방 화가 가라앉으니 말예요. 그리

큰 키는 아니나…… 나이치곤 큰 편이에요. 다리는 그저 그렇지만…… 그래도 훌륭하잖아요. 입술은 꽤 빨갛고, 붉은 혼합빛보다는 좀더 진하고 싱싱한 빨강이잖아요. 진홍빛과 장미빛의 차이랄까요…… 이봐요 실비어스, 어떤 여자라도 나처럼 그를 자세히 바라봤다면, 그에게 반하고 말았을 거예요. 하지만 저로선 그를 사랑도 미워도 하지 않아요. 그래도 사랑보다는 미워할 까닭이 더 많아요. 그가 뭣 때문에 날 그렇게 비난해야 하느냐 말예요? 그는 내 눈이 까맣고 머리칼도 까맣다고 했어요. 이제 생각해 보니 날 모욕한 것이에요. 왜 내가 대꾸를 해주지 않았을까? 하지만 상관없어요. 잊고 있었다고 해서 용서해 준 것은 아니니까요. 그에게 조롱조의 편지를 쓰겠어요. 좀 전해 주시겠어요…… 실비어스?

실비어스 전해 드리고말고요.

피 비 곧 쓰겠어요. 머릿속과 가슴 안에 있는 사연을요. 표독하게 그리고 아주 간단하게 써야지. 저랑 같이 가요, 실비어스. (두 사람 퇴장)

제 4 막

제 1 장

양 우리 부근의 빈터.
로잘린드·실리아, 두 사람 등장.

제이퀴즈   이봐, 아름다운 청년, 나와 좀 친하게 지내 보자구.

로잘린드   당신은 우울한 분이라고들 하던데요.

제이퀴즈   사실이야. 웃는 것보다 우울한 것이 난 더 좋거든.

로잘린드   어느 쪽이라도 지나친 분은 밉살스럽고, 주정꾼보다 더한 악평을 받는 법이에요.

제이퀴즈   하지만 슬퍼하고 침묵을 지킨다는 건 좋은 건데.

로잘린드   그렇다면 기둥이 되는 것도 좋게요.

제이퀴즈   내 우울증은 경쟁에서 오는 학자의 우울증은 아냐. 음악가의 미치광이 같은 것도 아니고, 벼슬아치의 거만한 그것도 아니고, 군인의 야심적인 그것도 아니고, 변호사의 술책적인 그것도 아니고, 귀부인의 뾰로통한 그것도 아니고, 애인의 이 모든 것을 뒤범벅한 그것도 아니라, 갖가지 물건에서 뽑아 내 여러 요소로 되어 있는 나의 독특한 것이오. 사실 인생 여로의 갖가지 명상이랄까, 그 안에서 돌이켜 생각하면 난 곧잘

슬프디슬픈 우울증에 싸이고 만단 말이야.

로잘린드 나그네랄까요! 정말 당신은 슬퍼하실 이유가 많이 있어요. 당신은 자기 토지는 팔아 버리고 남의 토지나 바라보고 있는 사람 같아요. 그런데 바라다만 보고 자기 것이 없어서는, 눈요기만 되고 손은 가난하지 뭐예요.

제이퀴즈 아무렴, 덕분에 경험만 풍부해졌어.

올랜도가 다가온다.

로잘린드 글쎄 그 경험이 당신을 슬프게 해놓은 거예요. 나 같으면 경험 때문에 슬퍼지느니보다는 차라리 바보라도 곁에 놔두고 쾌활해져 보겠어요…… 더구나 여행까지 해서 슬픔을 사다니!

올랜도 안녕하시오, 잘 있었소, 로잘린드! (로잘린드가 아는 체하지 않는다)

제이퀴즈 아니 당신이 노랫조로 말을 한다면 난 그만 하직하겠소. (제이퀴즈는 돌아선다)

로잘린드 안녕히 가세요, 나그네. 말은 외국어조로 하고 옷은 기묘한 것을 입으시구려. 그리고 제 나라의 좋은 점을 실컷 욕이나 하고, 모국에 태어난 것을 한탄하고, 자기 생김새에 대해서 하느님에게까지라도 욕을 하시구려. 안 그러면 곤돌라를 타보셨다고는 인정 안 해 드릴 테니까요……. (이젠 멀어서 제이퀴즈 귀에는 들리지 않는다) 어머, 올랜도 님이군! 그동안 어디에 가 있었어요? 그래도 애인이라고요! 한 번만 더 그렇게 날 곯려 주시려거든, 다신 눈앞에 나타나지 말아요.

올랜도 아름다운 로잘린드, 약속보다 한 시간도 채 늦지 않았어.

로잘린드 사랑의 약속을 한 시간이나 어기시다뇨? 일 분을 천으로 나누어 가지고, 그 천분의 일 분이라도 사랑의 일에서 어기는 남자라면 큐피드에게 어깨를 맞았을 정도이고. 정말이지 심장은 멀쩡한 거예요.

올랜도 이봐 용서해 달라고, 로잘린드.

로잘린드 싫어요. 그렇게 늦게 오시려거든, 이젠 제 눈앞에 나타나지도 말아요. 차라리 달팽이에게 구애받는 편이 나으니까요.

올랜도 달팽이에게?

로잘린드 그래요, 달팽이에게요. 달팽이는 오는 건 느리지만 머리에 집을 이고 오잖아요. 글쎄 그건, 당신이 여자에게 해주는 재산보다 나을 것 같아요. 게다가 달팽이는 제 운명까지 가지고 오거든요.

올랜도 아니, 뭐 말이지? (로잘린드가 앉는다)

로잘린드 뿔 말예요. 당신 같은 분이 부실한 부인 덕택에
　　　돋혀서 좋아하실 물건 말예요. 그러나 달팽이는 제 운
　　　명을 미리 지니고 오니까, 아내 때문에 욕을 볼 것도
　　　없지요.

올랜도 정숙한 여자라면 남편에게 오쟁이 뿔이 돋히게 하
　　　지는 않아. (생각에 잠겨서) 글쎄, 내 로잘린드는 정숙
　　　하거든.

로잘린드 음, 내가 당신의 로잘린드예요. (올랜도의 목을 감
　　　는다)

실리아 저인 정말 로잘린드라고 불러 보고 싶을 거예요.
　　　하지만 저이의 로잘린드는 좀더 잘생겼어요.

로잘린드 자, 그럼 구애해 보세요, 네. 난 지금 기분이 무
　　　척 좋고, 금방 응할 것만 같아요…… 만약 내가 정말
　　　당신의 진짜 로잘린드라면, 무슨 말부터 하시겠어요?

올랜도 말보다 먼저 키스를 할 거야.

로잘린드 아녜요. 먼저 말을 하시는 게 좋을 거예요. 그
　　　리고 할 얘기가 없어서 난처해지시면 그 기회에 키스
　　　를 하실 수 있잖아요. 훌륭한 웅변가는 말문이 막히면
　　　침을 뱉는답니다. 연인들이…… 하느님, 보호해 주소
　　　서!…… 말문이 막히면 키스를 하는 것이 가장 좋은
　　　모면책이에요.

올랜도 만약 키스를 거절당한다면?

로잘린드 그러면 당신은 애원하게 될 것이고, 따라서 새
로 할 말이 생기지요.

올랜도 애인 앞에서 말문이 막히는 남자도 있을까?

로잘린드 글쎄 내가 당신 애인이라 치고, 당신이 그래 주
었으면 싶어요. 안 그러시면 내 지혜가 내 얌전함에게
지는 셈이 될 테니까요.

올랜도 그런데 내 사랑의 의향에 대해서는?

로잘린드 의복은 근사하셔도, 사랑의 의향에 대해서는 좀
난처해요…… 난 당신의 로잘린드가 아닌가요?

올랜도 그렇다고 해두는 것도 조금은 기쁘지, 그녀 얘기
를 하는 것이 되니 말야.

로잘린드 그럼 그녀를 대신하여 난 거절하겠어요.

올랜도 그럼 난 당사자로서, 죽고 맙니다.

로잘린드 아녜요, 죽으시려거든 대리인으로 죽으세요. 이
가엾은 세상은 개벽 이래 거의 육천 년이나 됐지만,
그동안 당사자가 사랑 때문에 죽은 일은 한 번도 없
었어요. 글쎄, 사랑 때문에 죽은 일은 말예요. 트로일
러스는 크레시더에 대한 실연 때문에 죽은 것이 아니
라 희랍인의 몽둥이에 맞아 죽은 것이에요. 그래도 그
분은 사랑 때문에 죽어도 좋을 만큼 할 짓은 했으니

까, 연애의 표본의 한 사람인 거예요. 리앤더를 보더라도, 그 무더운 여름밤만 아니었더라면, 히어로가 수녀가 되든 말든 더 오래 살았을 거예요. 글쎄, 그 젊은인 헬레스폰트로 수영을 하러 가서 쥐가 나서 죽은 것인데, 당대의 어리석은 역사가들은 '세스토스의 히어로' 때문에 죽었다고 해놓았거든요…… 하지만 다 거짓말이에요. 예로부터 많은 남자들이 죽어서 구더기의 밥이 되어 왔지만, 사랑 때문에 죽은 남자는 한 명도 없었어요.

올랜도 난 나의 진짜 로잘린드는 그럼 마음이 아니길 바라오. 정말이지 그녀가 얼굴만 찌푸려도 난 죽을 것이니 말야.

로잘린드 이 손에 두고 맹세하지만, 얼굴을 찌푸려도 파리 한 마리 죽지 않아요…… (바싹 다가오면서) 그럼, 이제 좀더 은근한 기분의 로잘린드가 돼드릴게요. 자, 뭐든지 청하세요, 들어드리겠으니까.

올랜도 그럼 날 사랑해 주오, 로잘린드.

로잘린드 예, 사랑해 드리죠. 금요일에도 토요일에도 어느 날에든지.

올랜도 그리고 날 남편으로 맞아 주겠어?

로잘린드 예, 당신 같은 분이면 스무 명이라도요.

올랜도 뭐라고?

로잘린드 당신은 좋은 분 아니신가요?

올랜도 그렇게 생각하고 있습니다만.

로잘린드 좋은 분이시라면, 얼마든지 탐내도 괜찮을 것
　　아녜요? (일어서면서 실리아에게) 얘, 동생아, 네가 목사
　　님 대신 주례를 좀 서다오…… 손을 이리 주세요, 올
　　랜도…… 왜 그러니, 동생아?

올랜도 제발 주례 좀 서 주시오.

실리아 영 말이 안 나오는걸요.

로잘린드 '올랜도, 그대는'…… 하고 시작하는 거야.

실리아 자, 그럼…… 올랜도, 그대는 이 로잘린드를 아내
　　로 맞겠는가?

올랜도 예.

로잘린드 하지만 언제?

올랜도 주례만 서준다면, 물론 당장에.

로잘린드 그럼 이렇게 말씀하셔야 해요. '로잘린드, 나는
　　그대를 아내로 맞이하겠소'라고요.

올랜도 로잘린드, 나는 그대를 아내로 맞이하겠소.

로잘린드 난 당신의 그 권리를 물어야 하겠지만, 아무튼
　　올랜도, 전 당신을 남편으로 맞이하겠어요…… 이건
　　신부가 목사님보다 앞질러 가는군. 하지만 확실히 여

자의 사념은 행동보다 앞질러 달리거든요.

올랜도 사념이란 다 그런 거요, 날개가 돋쳐 있으니까.

로잘린드 그럼 말씀해 보세요. 아내로 삼은 후, 언제까지 헤어지지 않겠는가를.

올랜도 영원히 하루도 빼지 않고.

로잘린드 '영원히'는 빼고, '하루'만이라고 말씀하세요…… 아냐, 아냐, 올랜도, 남자란 구애할 때는 사월 같지만, 결혼하고 나면 동지 섣달이에요. 처녀도 처녀 때는 오월달 같지만 아내가 되고 나면 하늘빛은 변하지요…… 난 바바리 지방의 암비둘기가 수비둘기를 시기하는 것보다 더 심하게 당신을 시기할래요. 비를 예고하는 앵무새보다 더 시끄럽게 떠들래요. 꼬리 없는 원숭이보다 더 한층 욕정에 넋을 잃을 거예요. 그리고 분수의 다이애나처럼 아무것도 아닌 일에 울어댈 거예요. 더구나 당신이 쾌활해질 무렵을 노려서 울어댈 테야요. 그리고 당신이 졸릴 때를 노려서 하이에나같이 웃어댈 거예요.

올랜도 하지만 로잘린드가 설마 그럴라고?

로잘린드 이 목숨에 두고 단언하지만 그렇게 할 거예요, 나같이.

올랜도 아, 하지만 그녀는 총명한 여자란 말야.

로잘린드　총명치 않으면, 그만한 짓을 할 머리조차 없게
요. 여자는 총명할수록 변덕이 심해요. 여자의 총명에
다 문을 달아 보세요, 창으로 튀어나올 테니까요. 창
을 닫아 보세요, 자물쇠 구멍으로 삐져나올 테니까요.
그걸 막아 보세요, 연기와 함께 굴뚝으로 날아 나올
테니까요.

올랜도　그렇게 총명한 아내를 얻은 남자는 매일 '총명아,
너 어디로 가느냐?'라고 물어야겠군.

로잘린드　아녜요, 그런 다짐은 하실 필요 없을 거예요.
당신 부인의 총명이 이웃 분의 이부자리로 가는 것을
보기 전에는 말예요.

올랜도　그럼 그땐 그 총명은 무슨 총명을 써서 변명할 수
있을까?

로잘린드　그야, 그리로 당신을 찾으러 와본 거라고 변명
하겠죠…… 혀가 없는 여자가 아닌 이상, 대꾸 없이
현장에서 잡히진 않을 테니까요. 오, 자기 죄를 남편
에게 뒤집어씌울 줄 모르는 여자에게는 자식을 기르
게 하지 말아야 해요. 그런 여자는 자식을 바보같이
기를 테니까요.

올랜도　이봐 로잘린드, 나는 두 시간쯤 어디 좀 다녀올까
하는데.

로잘린드   어머나 당신, 두 시간이나 헤어져 있을 순 없
어요!

올랜도   난 공작님 식사에 가봐야 해. 두 시간 후에는 다
시 돌아올게.

로잘린드   예, 가세요, 가세요. 당신이 어떤 분인지 이제
알았어요. 그럴 거라고 친구들에게 얘기도 들었어요.
나 역시 그렇다고 생각했고요. 당신의 감언에 속았어
요. 이제 하나의 여자가 버림받은 것뿐이에요. 아, 죽
고 싶어라…… 두 시간이라고요?

올랜도   음 그래, 로잘린드.

로잘린드   정말, 진정 신에 두고, 그리고 위험성 없는 온
갖 그릴 듯한 맹세에 두고, 만약 당신이 눈곱만큼이라
도 약속을 어기거나 일 분만이라도 시간에 늦게 오면,
이렇게 생각하겠어요. 당신은 부실한 사람들 무리 중
에서도 가장 대담한 파약자, 가장 허무맹랑한 연인,
자신이 로잘린드라고 부르는 그 여자에게는 가장 알
맞지 않은 사람이라고 말예요. 그러니 저의 비난을 명
심하시고 약속을 지키세요.

올랜도   나의 진짜 로잘린드인 것처럼 약속은 꼭 지키겠어.

로잘린드   그럼, 시간은 그런 범인을 시험하는 노련한 재판
관이니까, 시간에게 맡기겠어요. 안녕히! (올랜도 퇴장)

실리아 언닌 그런 사랑의 수단을 가지고 우리 여성을 완
전히 모욕했어요. 우린 언니의 조끼와 바지를 머리 위
까지 벗겨 올려서 세상에 보여 줘야만 하겠어요, 이
새는 제 집에다 그런 잘못을 했노라고요.

로잘린드 오, 애, 애, 애, 애야…… 귀여운 내 사촌아, 너
도 알고 있잖니, 내가 얼마나 깊이 사랑을 하고 있는
가를! 하지만 그걸 짚어 볼 수는 없는 일이야. 내 애
정은 포르투갈 만같이 바닥을 알 수 없단 말야.

실리아 오히려 바닥이 없는 것 아닐까요…… 글쎄, 언니가
애정을 부어놓는 족족, 한쪽에선 흘러가 버리잖아요.

로잘린드 아냐, 비너스의 저 얄궂은 사생아, 사념에서 생
기고 분통에서 잉태해서 광증에서 태어난—제 눈은
안 보여서 남의 눈만 욕보이는 저 눈이 먼 불량한 소
년—그애한테 판단해 달라고 하자. 내가 얼마나 깊이
사랑을 하고 있는가를…… 애, 앨리너야, 난 올랜도를
안 보고선 못 견디겠단 말야. 난 그늘이라도 찾아가
서, 그가 올 때까지 한숨이나 짓고 있을래.

실리아 그럼 난 잠이나 잘래요. (두 사람 퇴장)

제 2 장

추방당한 공작의 동굴 앞.
사냥꾼들이 가까이 옴에 따라 소란스러워진다. 곧 사냥꾼 복장
을 한 에미언즈와 다른 귀족들이 제이퀴즈와 아침에 있었던 사
냥 이야기를 하면서 등장한다.

제이퀴즈 그 사슴을 잡은 분이 누구시오?

귀족1 그건 이 사람이외다.

제이퀴즈 이분을 로마의 용사같이 공작님께 안내합시다.

그리고 승리의 나뭇가지 대신 사슴 뿔을 이분 머리에

나는 것이 좋을 거요…… 이봐요, 사냥꾼, 이런 때에

알맞는 노래는 없소?

에미언즈 아, 있지요.

제이퀴즈 그럼 불러 봐요. 떠들썩하기만 하면, 장단은 어

떻든 좋소.

사슴을 잡은 귀족이 먼저 뿔과 가죽으로 차려 입고, 모두 그를
높이 들어올리며 노래를 한다. 에미언즈가 먼저 부르고, 모두
합창한다.

노   래

사슴을 잡은 자에게 무엇을 줄까요?

녹비(鹿皮) 입히고 뿔을 돋혀 주고,

노래하며 집으로 보내자…… 자,

후렴을 부르자……

뿔이 돋친다고 창피하게 여기지 마오,

그건 낳기 전부터 가지고 있는 관이니까.

아버지의 아버지도 그걸 갖고 있었고,

아버지께도 돋혀 있었으니까.

뿔 뿔, 늠름한 뿔,

창피해서 웃을 물건은 아니로다.

모두 나무를 세 바퀴 돌며, 후렴을 몇 차례 반복한다. 이윽고
공작의 동굴로 들어간다.

제 3 장

숲, 양 우리 부근의 빈터.
로잘린드와 실리아가 돌아온다.

로잘린드 이래도 할 말이 있어? 벌써 두 시간이 지나지
　　　않았니! 어디 봐, 올랜도는 무던히 많이도 와 있네!

실리아 정말이지, 그는 순수한 연심과 괴로운 머리 때문
　　　에, 활과 화살을 들고 자러 갔나 보죠…… 저봐요, 누
　　　가 오네요.

　　　실비어스가 다가온다.

실비어스 심부름으로 왔습니다, 젊은분…… 피비라는 처
　　　녀가 이걸 전해 달라던데요. (로잘린드에게 편지를 준다)
　　　사연은 알 수 없지만, 이 편지를 쓸 때 이마를 찌푸리
　　　고 안달한 걸로 보아, 화가 난 내용인 듯싶습니다. 그
　　　러나 용서해 주시오. 난 심부름을 왔을 뿐, 죄는 없으
　　　니까요.

로잘린드 인내 그 자체도 이 편지에서는 깜짝 놀라고 펄
　　　펄 뛰고 있지 않겠는가…… 이걸 참을 정도라면 뭐는
　　　못 참겠는가 말이야. 날보고 못생겼느니, 버릇이 없느

니, 빼기느니, 하고 남자가 봉황새같이 드문 세상이더
라도 날 사랑할 수는 없다나. 제길! 나는 그런 계집의
사랑을 쫓는 토끼가 아냐. 왜 이따위 편지를 내게 보
내 온 것일까? 이봐 목동, 이건 네가 꾸며 낸 편지
지?

실비어스 천만에요, 정말 난 내용을 모릅니다…… 피비가
썼습니다.

로잘린드 허, 허, 넌 바보야, 그리고 사랑의 극단에 빠져
있는 사람이란 말야. 난 그녀의 손을 봤지만…… 가죽
같은 손이더군. 더러운 석회석 빛을 한 손이더군. 낡
은 장갑을 끼고 있는 줄로 감쪽같이 속았는데, 역시
그녀의 손이더군. 하녀 같은 손이더군…… 하지만 그
런 건 문제도 아니고 아무튼 그녀가 이런 편지를 꾸
며낼 리는 없어. 이건 남자의 머리에서 나온 것이고,
남자의 손에 의해 씌어진 거야.

실비어스 정말, 이건 그 처녀가 쓴 것입니다.

로잘린드 아냐, 이건 난폭하고 잔인한 문투, 도전적인 문
투야. 마치 터키인이 기독교인을 대하는 것처럼 사랑
을 무시하고 있잖는가. 여자의 상냥한 머리에서는 이
토록 지독한 난폭한 생각이 나올 수 없는 법이야. 마
치 이디오피아인 같은 문구가 아닌가. 속은 겉보다 더

한층 시커멓잖은가…… 내용 좀 읽어 줄까?

실비어스 예, 부디 좀. 난 아직 내용을 못 봤으니까요. 하
기야 피비의 지독함엔 넌덜머리가 난 처지입니다.

로잘린드 정말 피비답게 지독하군. 이 폭군의 문투 좀 들
어 봐요. (읽는다)
'신이 목동으로 둔갑한 당신이기에,
이렇게도 처녀의 가슴을 태우게 하시나요?'
여자가 감히 이런 악담을 다 할 수 있을까?

실비어스 그걸 다 악담이라고 하십니까?

로잘린드 (읽는다)
'어째서 신성(神性)을 버리시고,
여자 마음을 괴롭히시나요?'
이런 악담을 들어본 적도 다 있나? (계속해서 읽는다)
'남자 눈이 제게 구애했지만,
상처 하나 안 입은 이 몸이에요.'
나를 날짐승으로 아나 보지. (계속해서 읽는다)
'당신의 맑은 눈의 조소조차도
제게 이만한 연심을 일으켜 놓으시니,
아, 정답게 보아 주신다면,
얼마나 신기한 효험을 보게 되는지?
야단맞아 가며 사모하는 이 몸,
구애라도 해오시면 어찌될까요?

이 연애 편지를 당신께 전하는 분은,
저의 이 사랑을 거의 몰라요.
마음을 봉입(封入)하여 알려 주세요.
젊고 친절한 당신 마음이,
저의 진정과 이 몸이 바칠 수 있는
온갖 것을 받으실는지요.
저의 사랑을 거절하신다면,
그땐 전 죽는 방법이나 생각하지요.'

실비어스 이걸 욕설이라고 하시는 겁니까?

실리아 아, 불쌍한 목동!

로잘린드 저자를 동정하니? 동정할 만한 위인도 못 되잖
니…… (목동에게) 그런 여잘 사랑하겠나? 아니, 당신
을 도구삼아 거짓말만 늘어놓고 있잖은가! 이걸 다
참아! 자, 그 여자에게로 가봐요. 보아 하니, 당신은
사랑 때문에 얼빠진 뱀 같구려. 아무튼 가서 이렇게
전해요. 나를 사랑하려거든 당신이나 사랑하라고. 그
리고 마다고 하면, 당신이 그녀 대신 애원한다면 몰라
도, 난 그녀를 상대하지 않겠노라고…… 당신이 진짜
연인이라면 아무 말 말고 썩 물러가오, 다른 분들이
오는 것 같으니. (실비어스 퇴장)

올리버가 다른 길로 황급히 등장.

올리버　안녕하시오, 아름다운 분들! 부디 좀 가르쳐 주시오, 이 숲 변두리에 올리브나무 울타리가 쳐진 양 우리가 있다던데요?

실리아　이곳 서쪽, 저 아래 계곡이에요…… 살랑거리는 개울가에 줄지어 서 있는 버드나무를 오른쪽에 보면서 곧장 그곳이에요. 하지만 지금은 집만 서 있고, 안에는 아무도 없어요.

올리버　들은 얘기를 눈이 알아봐도 좋다면 그 얘기대로 당신들을 알아봐야겠소…… 이와 같은 옷차림, 이와 같은 나이, 글쎄 '소년 쪽은 여자 같은 안색에 성숙한 사냥꾼처럼 행동하며, 여자 쪽은 키가 자고 오빠보나는 좀 검은 안색'이랍니다…… 당신들이 내가 찾고 있는 그분들이 아닌가요?

실리아　자랑스럽지는 않지만, 듣고 보니 그런가 보군요.

올리버　올랜도가 두 분에게 안부 전하고, 자기의 로잘린드라고 하는 젊은이에게는 이 피묻은 손수건을 전해 달라는 사연입니다. 당신이 그분이오?

로잘린드　그렇습니다. 하지만 대체 어찌된 영문인가요?

올리버　나로선 좀 창피스런 얘기요. 만약 내가 어떤 사람인지, 그리고 어떻게, 어째서, 어디서, 이 손수건이 피에 젖게 됐는지를 당신이 아시게 된다면 말이오.

실리아 부디 좀 얘기해 보세요.

올리버 그 젊은 올랜도가 당신들과 지난번에 작별했을
때, 시간 이내에 돌아오겠다는 약속을 남겨 놓고 숲속
을 돌아다니면서, 달고 쓴 환상을 음식같이 씹고 있었
지요. 그런데 그때 아, 저런! 눈을 들고 보니 뭐가 비
쳤을까요! 가지는 해묵은 이끼가 끼고 높은 꼭대기는
해묵어서 마른 참나무 밑에, 머리칼은 자랄 대로 자라
고 누더기를 감은 비참한 차림의 한 사나이가 반듯이
누워서 잠을 자고 있는데, 초록빛과 금빛 나는 뱀이
그자 모가지를 감고서, 날쌘 머리를 무섭게 쳐들고 입
속으로 다가오고 있었지요. 하지만 문득 올랜도를 보
자 고리를 풀고 덤불 속으로 스르르 달아나 버렸답니
다. 그런데 그 덤불 그늘 밑에는 젖이 바싹 말라붙은
암사자 한 마리가 머리를 땅에 대고 쥐를 노리는 고
양이같이 웅크리고서, 그 잠든 사람이 움직이기를 기
다리고 있었지요. 이 짐승은 왕자다운 성질을 갖고 있
어서, 죽은 것은 잡아먹지 않으니 말이오. 이를 보고
올랜도가 다가가 보니 그 사람은 바로 자기의 형, 맏
형이 아니겠소.

실리아 아, 그분이 바로 그 형님 얘기를 하는 것을 저도
들었어요. 듣건대 사람탈을 쓴 사람치고 자기 형님 같

은 비인간은 없다더군요.

올리버 사실 그럴 겁니다. 그자가 비인간적임을 나도 잘
알고 있으니까요.

로잘린드 하지만 올랜도 그가 자기 형을 젖을 빨리고 있
는 그 굶주린 사자의 밥이 되도록 내버려뒀나요?

올리버 그는 두 번이나 돌아서며 그렇게 할 생각이었지
요. 하지만 정의는 복수보다 훨씬 더 고상하고, 인간
의 본성은 이런 좋은 기회를 포착, 이용하기는커녕 그
는 그 암사자에게 달려들어 어느새 그놈을 때려눕혔
지요. 소동 틈에 그만 나는 드디어 무서운 잠에서 깨
어났답니다.

실리아 당신이 그분의 형님인가요?

로잘린드 그가 구조해 낸 분은 당신이었어요?

실리아 늘 그분을 죽일 계획을 세운 사람이 당신이었던가
요?

올리버 과거의 나였소. 하지만 지금의 나는 그렇지 않소.
과거의 나를 말하는 것이 창피스럽지는 않습니다. 지
금의 나는 회개하여 깨끗해져 있으니까요.

로잘린드 하지만 그 피묻은 손수건은?

실리아 차차 얘기하죠…… 처음부터 끝까지 두 사람의 얘
기는 다정한 눈물 속에 계속되고, 내가 이 적적한 곳

에 오게 된 데까지 얘기가 끝나자…… 결국 아우는 나를 친절한 공작님께 안내했지요. 공작님은 내게 새 옷을 주시고 후대하셨습니다. 그리고 내 아우의 애정을 달게 받으라는 분부셨습니다. 내 아우는 곧 나를 자기 동굴로 안내하고 그곳에서 옷을 벗었는데, 그의 팔을 보니 암사자가 물어뜯은 자국이 있고, 줄곧 피가 흐르고 있었지요. 이때 아우는 기절했습니다. 기절중에도 로잘린드 이름을 부르고 있었습니다…… 결국, 나는 그를 회복시켜 주고, 상처를 동여매 주었지요. 그러자 잠시 후에 아우는 원기를 회복하고, 안면도 없는 나를 이곳으로 보내서, 이런 얘기를 전하고, 파약의 용서를 구하며 이 피묻은 손수건을, 장난삼아 자기의 로잘린드라고 부르는 젊은 목동에게 전하도록 한 것입니다. (로잘린드가 기절한다)

실리아 어머, 왜 이러세요. 개니미드, 응, 개니미드!

올리버 피를 보면 기절하는 사람들도 많습니다.

실리아 더 깊은 까닭이 있어요…… 오빠, 개니미드 오빠!

올리버 아, 깨어나는군요.

로잘린드 난 집에 가 있고 싶어졌어.

실리아 우리가 데려다 드릴게요…… 이보세요, 팔을 좀 붙들어 주시겠어요?

올리버   이봐 젊은이, 기운을 내요. 남자가 아닌가! 남자
의 용기는 없는가.

로잘린드   고백하지만, 사실 용기가 없어요…… 아, 이봐
요, 누가 봐도 이건 근사한 연극이라고 생각할 겁니
다. 제발 아우님께 내가 연극을 참 잘하더라고 전해
주세요…… 하하!

올리버   이건 연극이 아니라, 진실한 감정이라는 증거가
얼굴에 너무나도 확연히 나타났소.

로잘린드   연극이라니까요, 정말.

올리버   좋소. 이번엔 용기를 내어, 남자답게 연극을 해봐요.

로잘린드   그렇게 하고 있잖아요. 하지만, 난 여자인 것
같아요.

실리아   어머, 점점 더 창백해지네요. 어서 집으로 가요
…… 이보세요, 당신도 우리와 같이 와주세요.

올리버   그렇게 하죠. 로잘린드가 내 아우를 어떻게 용서
해 줄 것인지, 그 대답을 가지고 돌아가야 하니까요.

로잘린드   대답은 생각해 놓지요. 하지만 내가 한 연극을
그에게 꼭 좀 전해 주세요…… 안 가보시겠어요? (모
두 오두막집 쪽으로 내려간다)

제 5 막

제 8 부

제 1 장

숲.
터치스턴과 오드리가 나무 사이로 오고 있다

터치스턴 이봐 오드리, 기회는 얼마든지 있을 거야……
그러니 참아요, 얌전한 오드리.

오드리 하지만, 아까 그 영감은 그런 말을 했지만 그 목
사님으로 충분했을 것을.

터치스턴 빌어먹을 올리버 목사 같으니, 원 지독한 엉터
리 목사 같으니…… 하지만, 오드리, 이 숲속에는 당
신을 노리는 젊은 녀석이 한 사람 있다는데.

오드리 음, 누군지 저도 알고 있어요. 그는 저하고 아무
관계도 없어요. 어머나, 당신이 말씀하시는 그가 오
네요.

월리엄 빈터로 들어온다.

터치스턴 바보를 만나는 건 좋은 술잔치 같다고나 할까.
정말이지, 우리같이 기지를 가진 사람들은 장난을 아
니 할 수 없는 법인데, 참을 수가 없군.

월리엄 안녕하세요, 오드리.

오드리 네, 안녕하세요, 윌리엄.

윌리엄 당신도 안녕하십니까.

터치스턴 (짐짓 위엄을 가장하며) 안녕하시오, 점잖은 친구. 모자는 쓰시오, 써. 제발 쓰라니까그래…… 그런데 대체 몇 살이나 먹었소, 친구?

윌리엄 스물다섯 살입니다.

터치스턴 성숙한 나이로군…… 이름은 윌리엄이라지?

윌리엄 예, 윌리엄이라고 합니다.

터치스턴 좋은 이름이오…… 이곳 숲속 태생이오?

윌리엄 예, 하느님 덕택에요.

터치스턴 '하느님 덕택'이라고? 그거 좋은 대답이군…… 그래 돈은 많이 가졌는가?

윌리엄 저, 그렇고 그렇습니다.

터치스턴 '그렇고 그렇다고?' 그것도 참으로 좋군, 아주 좋군, 하지만 별로. 겨우 그렇고 그렇단 말인가…… 그대는 총명한가?

윌리엄 예, 꽤 총명하죠.

터치스턴 그거 말 참 잘했어. 이제 생각나지만, '바보는 자기를 총명하다고 생각하고, 현인은 자기를 바보라고 생각한다'나…… (이 말에 윌리엄은 어이가 없어 입이 딱 벌어진다) 이교도의 어떤 철학자는 포도가 먹고 싶

자, 입을 벌리고 포도를 집어넣었다는데, 포도는 먹히
    는 것, 입은 벌리는 것이라나…… 그래, 이 아가씨를
    사랑하는가?

윌리엄 에, 사랑합니다.

터치스턴 나와 악수합시다…… 글을 배웠는가?

윌리엄 아닙니다.

터치스턴 그럼 내가 좀 가르쳐 드리지…… 가진다는 것은
    가진다는 것이오. 글쎄 수사학의 비유처럼, 술을 잔에
    서 컵으로 옮겨 따르면 한쪽이 가득 차기 때문에 다
    른 쪽은 비게 된단 말이야. 그 까닭은, 모든 저술가가
    동의한 바와 같이 자기 자신은 곧 그 사람이니 말야.
    그런데 그대가 그 당사자가 아니라, 내가 곧 그 사람
    이란 말야.

윌리엄 그 사람이라뇨?

터치스턴 이 여자와 결혼해야 할 사람 말야. 그러니 이봐,
    청년, 포기하오…… 막말로 하면 그만두란 말야……
    글쎄 이 여성과의…… 보통말로 하면 이 여자와의…
    … 교제…… 시골말로 하면 사귐…… 을 말야. 이걸
    합쳐서 말하면 '이 여성과의 교제를 포기하라' 이거야.
    포기하지 않으면, 이봐, 청년, 그대는 멸망하네. 알아
    들을 수 있게 말하면, 죽는단 말야. 글쎄, 내가 그대

를 처치한단 말야. 그대 생명을 죽임으로써 그대의 자
유를 구속으로 변경해 놓는단 말야. 독약을 써서, 혹
은 계략을 꾸며서 일 수도 있지. 그 방법은 백오십 가
지나 있단 말야…… 그러니 벌벌 떨며 도망가라니까.

오드리   달아나세요, 착한 윌리엄.

윌리엄   그럼 안녕히 계십시오. (퇴장)

코린이 등장하여 부른다.

코 린   우리 도련님과 아가씨가 댁을 찾고 계십니다. 자,
어서 가보세요.

터치스턴   어서 가자구 오드리…… 니도 가사, 나도 가자,
(모두 오두막집 쪽으로 달려간다)

―하룻밤이 지난다.

제 2 장

숲.
올리버와 팔을 수건으로 동여맨 올랜도가 둑에 앉아 있다.

올랜도 그렇게 잠깐 사귀고서 그녀를 좋아하게 되시다니 대체 그럴 수가? 보시자마자 정이 드시다니? 그리고 구애를 하시다니? 그리고 그 구애에 여자 쪽에서도 승낙해 오다니? 그래, 형님은 기어이 그녀를 맞으실 생각이십니까?

올리버 이 문제에 관해서는 경솔하다느니, 그녀가 가난하다느니, 교제가 얕다느니, 내 구애가 난데없다느니, 그녀의 동의도 별안간이라느니 하고 책망할 것이 아니라, 내가 앨리너를 사랑한다고 나랑 같이 말해 다오. 그녀가 날 사랑한다고 그녀랑 같이 말해 다오. 그리고 두 사람은 서로 사랑할 수 있을 것이라고 우리랑 같이 동의해 다오. 그것이 네게도 좋은 일이다. 선친의 가옥이며, 수입이며, 고 롤랜도 경의 소유는 모두 네게 양도하고, 난 이곳에서 양치기로서 살다 죽을 생각이니 말이다.

로잘린드, 저쪽에서 오고 있다.

올랜도 동의해 드리죠…… 결혼식은 내일 올리세요. 공작님을 비롯하여 공작님의 부하 모두를 초대하겠습니다. 그런데 마침 나의 로잘린드가 오는군요.

로잘린드 안녕하세요, 형님.

올리버 아, 아름다운 동생. (올리버 퇴장)

로잘린드 아, 그리운 올랜도, 당신 가슴에 붕대가 동여매어 있는 걸 보니 전 참으로 슬퍼요.

올랜도 팔이오.

로잘린드 당신 가슴이 사자 발톱에 상처를 입은 줄만 알았어요.

올랜도 상처를 입긴 입었지만, 그건 어떤 여자의 눈에 의해 입었지요.

로잘린드 당신 손수건을 보고, 내가 연극삼아 기절했다는 얘기를 형님에게 들으셨어요?

올랜도 음, 그리고 그보다 더 놀라운 얘기도.

로잘린드 오, 무슨 얘긴지 나도 알아요. 그건 정말이에요. 그렇게 느닷없는 일이 어디 있겠어요. 두 숫양의 싸움이나 시저의 '나는 왔다, 보았다, 이겼다'라는 호언장담 말고는 말예요. 글쎄, 당신 형님과 내 동생은 만나자마자 마주 보고, 마주 보자마자 사랑하고, 사랑하자마자 한숨을 내쉬고, 한숨을 내쉬자마자 피차 그 까닭을 묻고, 그 까닭을 알자마자 해결책을 강구하지 않았겠어요, 글쎄. 그리고 그와 같은 계단을 밟아, 결혼에까지 계단을 만들어 놓고, 달려 올라갈 참이랍니다. 그렇지 못하면 결혼 전에 일을 저지르고 말 거예요. 두 사람은 사랑에 미치다시피 했어요. 그러니 그같이 될 것입니다. 곤봉을 가지고도 떼어 놓을 수 없습니다.

올랜도 결혼식은 내일 있게 되오…… 난 공작님을 식에 초대할 생각이오…… 하지만 타인의 눈을 통하여 행복을 본다는 건 얼마나 뼈 아픈 일이겠는가! 내일 나는 소원을 이룬 형님의 행복을 생각하면 생각할수록 내 마음의 슬픔은 극단에 달할 것 아니겠는가.

로잘린드 내일이라고 내가 왜 당신의 로잘린드 노릇을 하지 못하겠어요?

올랜도 난 이제 상상만으론 살 수가 없어.

로잘린드 그럼, 쓸데없는 얘기를 가지고 당신을 더이상 괴롭히진 않겠어요…… 이제부턴, 이건 무슨 속셈이 있어 하는 말이지만, 내가 당신을 총명한 신사라고 본다는 점을 우선 인정해 주세요. 내가 당신을 안다고 해서, 내 지식을 인정해 달라는 말은 아니에요, 내 명예가 되는 건 아니지만, 당신께 좋은 일 좀 해드리기 위하여, 당신이 좀 믿어 주시길 바라는 마음 이외는 더 큰 존경을 바라지 않습니다…… 그러니 좋으시다면, 내가 신통력을 가지고 있다는 걸 믿어 주세요. 나는 세 살 때부터 도통한, 그러나 요술은 아닌 어떤 마술사의 지도를 받아 왔습니다…… 만약 당신의 말과 행동에 명확히 나타나 있듯이 진정으로 로잘린드를 사랑하신다면 당신 형님이 앨리너와 결혼할 때, 당신도 로잘린드와 결혼시켜 드리죠. 그녀가 처해 있는 역경을 내가 알고는 있지만, 당신만 괜찮으시다면 평소 그대로의 그녀를 아무 위험도 없이 내일 당신 눈앞에 데려다 놓을 수 있습니다.

올랜도 진담으로 그런 말을 하는가?

로잘린드 이 목숨을 걸고 진담입니다. 마술사라고 고백은 했지만 소중히 하는 이 목숨이에요. 그러니 제일 좋은 옷으로 갈아입고, 친구들도 초대하세요. 내일 결혼할 생각만 있으시다면, 결혼하게 해드릴게요. 물론 원하신다면, 로잘린드와요. (실비어스와 피비가 다가온다) 저것 보세요, 나에게 반한 여자와 그 여자에게 반한 남자가 오는군요.

피 비 이봐요, 당신은 제게 너무하셨어요. 당신께 보낸 편지를 남에게 보이시다뇨.

로잘린드 그게 대체 무슨 상관이람. 난 일부러 당신을 싫
어하고 불친절하게 대하고 있는 거야. 당신은 충실한
목동에게 구애를 받고 있잖는가…… 그 사람을 눈여
겨보고 사랑해야 해. 그 사람은 당신을 숭배하고 있
으니.

피 비 이봐요, 목동, 이 젊은이에게 사랑이 뭔지 좀 얘기
해 드려요.

실비어스 그건 온통 한숨과 눈물로 범벅이 돼 있지요. 내
가 피비에 대해서 바로 그렇습니다.

피 비 나도 개미니드에 대해서 그래요.

올랜도 나 역시 로잘린드에 대해서 그렇소.

로잘린드 그런데 난 여자 아닌 사람에게 대해서 그렇습
니다.

실비어스 그리고 사랑은 온통 진심과 봉사로 돼 있습니
다. 내가 피비에 대해서 바로 그렇습니다.

피 비 난 개니미드에 대해서 그래요.

올랜도 난 로잘린드에 대해서 그렇소.

로잘린드 그리고 난 여자 아닌 사람에 대해서 그래요.

실비어스 사랑이란 온통 환상과 정열, 욕망과 숭배, 의무
와 존경, 겸손과 인내, 초조와 순결, 그리고 시련과

준수 등으로 돼 있습니다. 내가 바로 피비에 대해서
그렇습니다.

피 비　내가 개니미드에 대해서 그래요.

올랜도　나도 로잘린드에 대해서 그렇소.

로잘린드　나는 여자 아닌 분에 대해서 그렇습니다.

피 비　(로잘린드에게) 그렇다면, 내가 당신을 사랑하는 것
　　　을 욕하세요?

실비어스　(피비에게) 그렇다면, 왜 내가 당신을 사랑해서
　　　는 안 되지?

올랜도　그렇다면 나는 왜 당신을 사랑해서 안 되는가?

로잘린드　'나는 왜 당신을 사랑해서 안 되는가?'라는 말씀
　　　은 누구에게 하시는 건가요?

올랜도　이곳에는 없고, 그 말이 그쪽에 들리지도 않는 여
　　　자에게.

로잘린드　제발 그런 말은 그만두세요. 그건 달에 대고 짖
　　　어대는 아일랜드의 늑대 같으니까요…… (실비어스에
　　　게) 될 수만 있다면, 도와드리죠. 될 수만 있다면 사
　　　랑해 드려도 좋지만…… 내일 또 모두 다시 만납시다
　　　……(피비에게) 내가 여자분과 결혼한다면 당신과 결혼
　　　하겠소. 나도 내일은 결혼을 하겠습니다. (올랜도에게)
　　　내가 남자분을 만족시켜 드릴 수 있는 일이라면, 당신

을 만족시켜 드리겠어요. 내일 당신도 결혼시켜 드리
겠습니다…… (실비어스에게) 맘에 드는 것으로 당신이
만족할 수 있는 일이라면 당신을 만족시켜 드리겠습
니다. 그리고 내일 당신도 결혼시켜 드리겠소…… (올
랜도에게) 로잘린드를 사랑하는 당신도 오세요. (실비어
스에게) 피비를 사랑하는 당신도 와요. 여자를 아무도
사랑하지 않는 나도 갈게요…… 그럼, 안녕히들 가세
요. 내 부탁 잊지들 마시오.

실비어스 살아 있는 한, 난 잊지 않겠습니다.

피 비 저도요.

올랜도 나도. (모두 퇴장)

제 3 장

숲.
터치스턴과 오드리가 들어온다.

터치스턴   내일은 즐거운 날 아닌가, 오드리. 내일 우린
부부가 되거든.

오드리   저도 진정으로 그걸 바라고 있어요. 제 생각엔 남
의 아내가 되고 싶어하는 게 좋지 못한 욕심은 아닌
듯싶어요. 마침 추방당한 공작님의 시동이 두 명 오
네요.

시동 두 명 등장.

시동1   잘 만났어요, 정직한 영감님.

터치스턴   정말 잘 만났다…… 자, 앉아라, 그리고 노래나
한 곡.

시동2   영감님 말씀대로 하겠어요. 가운데에 앉으세요.

시동1   그럼 시작해 볼까요? 헛기침을 하고 침을 뱉고, 혹
은 목이 쉬었다고 변명을 하는 둥, 나쁜 음성의 서두
같은 건 빼고 말예요.

시동2   그래. 합창을 하자, 함께 말을 탄 두 집시같이 말야.

노 래

연인과 그의 색시가
헤이, 호, 헤이 노니노
푸른 보리밭을 넘어가네
봄철, 시집가는 계절에
새들도 노래하네 헤이 딩, 딩, 딩
애인들은 봄철을 좋아하네.

방의 귀리 사이에,
헤이, 호, 헤이 노니고
예쁜 시골 사람들 눕고
봄철, 시집가는 계절에
새들도 노래하네, 헤이 딩, 딩, 딩
애인들은 봄철을 좋아하네.

그때 그들 노래부르네
헤이, 호, 헤이 노니노
그 인생 꽃만 같고
봄철, 시집가는 날,
새들도 노래하네, 헤이 딩, 딩, 딩

애인들은 봄철을 좋아하네.
그러니 그때를 놓치지 마라
헤이, 호, 헤이 노니노
사랑은 지금이 한창이로다.
봄철, 시집가는 날
새들도 노래하네, 헤이 딩, 딩, 딩
애인들은 봄철을 좋아하네.

터치스턴 그런데 젊은 두 친구, 별 의미도 없는 노래면서 장단이 영 틀렸군.

시동1 잘못 들으신 거예요…… 우린 장단을 맞췄어요, 틀리지 않았어요.

터치스턴 안 그렇다니까그래. 그 따위 바보 같은 노래를 듣는 건 시간 낭비밖에 안 돼…… 그럼 가봐, 하느님께 음성들이나 고쳐 달래지! 이리 와요, 오드리. (모두 퇴장)

—하룻밤이 지난다.

제 4 장

양 우리 근처의 빈터.
추방당한 전 공작·에미언즈·제이퀴즈·올랜도·올리버·실리
아 등장.

전 공작 이봐 올랜도, 자넨 믿는가? 글쎄, 그 소년이 약
속대로 해낼 수 있을까?

올랜도 어떤 때는 믿고, 어떤 때는 안 믿습니다. 믿으면
서도 두렵습니다. 그 두려움을 자기도 알고 있는 사람
같이 말입니다.

로잘린드·실비어스·피비, 등장하여 모든 사람과 합세한다.

로잘린드 한 번만 더 참아 주십시오, 약속을 다시 다짐하
겠습니다. 만약 제가 로잘린드 공주님을 데려오면 공
작님께선 공주님을 이 올랜도에게 주신다고 하셨지
요?

전 공작 물론이지, 공주와 더불어 줄 여러 왕국을 내가
가졌다고 하더라도.

로잘린드 그리고 당신은, 내가 그녀를 데리고 오면 아내
로 삼으시겠습니까?

올랜도 물론이오, 내가 모든 왕국의 왕이라 하더라도 말이오.

로잘린드 그리고 당신은 나만 승인하면 결혼을 하겠다고 했지요?

피 비 그럼요, 한 시간 후에 제가 죽는 한이 있더라도요.

로잘린드 하지만 당신이 만약 나와 결혼하기를 거절할 경우에는 이 성실한 목동에게 시집가겠다고 했지요?

피 비 그렇게 약속했어요.

로잘린드 그리고 당신은 피비만 승낙하면 피비를 아내로 맞겠다고 했지요?

실비어스 네, 피비를 아내로 맞는 것과 죽음이 같은 것일지라도요.

로잘린드 나는 이 문제들을 모두 원만히 해결짓겠다고 약속을 했습니다…… 오, 공작님은 따님을 주겠다는 약속을 지키십시오…… 올랜도는 공주님을 아내로 맞는다는 약속을, 그리고 피비는 나와 결혼할 계획이나 거절할 경우에는 이 목동과 결혼한다는 약속을 지키시오. 그리고 피비가 날 거절할 경우에는 실비어스는 피비와 결혼한다는 약속을 지켜야 하오…… 그런데 난 이 문제들을 모두 풀기 위해서 우선 어디 좀 다녀와야겠습니다. (실리아를 불러내 가지고 두 사람 퇴장)

전 공작 돌이켜 생각해 보니, 그 목동 아인 어쩐지 내 딸
애와 꼭 닮은 것 같군.

올랜도 공작님, 저도 처음 봤을 땐, 공주님의 오빤 줄 알
았습니다. 그러나 공작님, 그 소년은 숲 태생으로 그
의 숙부 밑에서 여러 가지 마술의 기초를 공부했다고
하며, 자기 숙부는 이 숲속에 숨어 사는 굉장한 마술
사라고 하던데요.

　　　터치스턴과 오드리가 빈터로 들어온다.

제이퀴즈 확실히 또 제2의 홍수가 있을 참인가. 저 한 쌍
도 노아의 방주에 편승할 모양이지. 참 기묘한 짐승이
한 쌍 오지 않나? 저건 어떤 나라 말로나 '바보'라는
것들이란 말야.

터치스턴 여러분께 삼가 인사드리겠습니다.

제이퀴즈 공작님, 이자를 환영해 드리세요. 제가 숲에서
종종 만나는 사람인데, 마음까지 바보의 얼룩옷을 입
고 있지요. 자기 말로는 벼슬도 지냈다나요.

터치스턴 그걸 의심하는 분은 날 어떤 고문에 걸어 봐도
좋소. 궁중 춤도 춰본 이 사람이오…… 귀부인에게 구
애도 해본 이 사람이오…… 친구에겐 술책도 써 보고,
적하곤 원만히도 지내 본 이 사람이오…… 양복집을

세 집이나 파산시킨 이 사람이오…… 네 번씩이나 싸움을 일으키고, 한 번은 결투까지 할 뻔한 이 사람이외다.

제이퀴즈 그런데 결투는 어떻게 해서 화해가 됐소?

터치스턴 글쎄, 우린 마주 서고 나서, 그 결투가 제7조의 원인에 근거하고 있다는 것을 발견했지요.

제이퀴즈 제7조의 원인이라뇨? 공작님, 재미있는 친구잖습니까?

전 공작 참 재미있는 친구로군.

터치스턴 감사합니다. 저도 그와 같이 생각해 두겠습니다…… 제가 부랴부랴 온 것은, 시골 혼례에 한몫 끼어 결혼하고 싶을 때에 맹세를 하고, 그리고 나중에 변덕이 나면 맹세를 깨뜨리기 위해서올시다…… (오드리를 손짓해서 부르며) 불쌍하고 못생긴 처녀입니다만, 내 소유물입니다…… 아무도 차지하려고 하지 않는 계집을 내가 손을 댔지만, 이 역시 나의 하찮은 기분이죠. 정숙한 여자는 구두쇠처럼 가난한 집에 살고 있거든요. 글쎄, 진주가 더러운 굴 속에 들어 있다시피 말입니다.

전 공작 이 친구는 정말 여간 날쌔고 재치 있는 말 솜씨를 가진 게 아니군.

터치스턴 글쎄, 바보의 화살은 날쌔다는 둥, 상쾌한 엉터리 문구도 있잖습니까?

제이퀴즈 그러데, 그 제7조의 원인 말인데요, 제7조에 근거한 결투라는 것을 어떻게 알았지요?

터치스턴 그것은 일곱 번씩이나 식언(食言)에 근거하고 있으니 말입니다…… 이봐 오드리, 몸 좀 더 잘 갖추어요…… 그건 이렇습니다. 내가 어떤 벼슬아치의 수염 가꾸어진 모양이 마음에 안 든다고 했더니, 자기 수염 모양이 당신 마음엔 안 들지는 모르지만, 자기는 상관없다고 말하는 것이었습니다. 이건 예의적인 답변이란 겁니다. 만약에 내가, '그건 모양이 흉하다'고 말했더라면, 그자는 자기 마음에 들도록 깎은 것이라고 해 왔을 것입니다. 이건 점잖은 경구랄까요. 내가 한 번 더 '모양이 흉하다'고 했다면, 그잔 내 판단을 의심해 올 것입니다. 이건 상스러운 대답이죠. 다시 또 내가 '모양이 흉하다'고 한다면, 그잔 당신 말이 옳지 않다고 대답할 것입니다. 이건 맹렬한 비난이랄까요. 다시 한 번 내가 '모양이 흉하다'고 말해 준다면, 그잔 나에게 거짓말쟁이라고 할 것입니다. 이건 도전적인 반발이죠. 이렇게 해서 다음은 간접적 식언과 직접적 식언의 차례입니다.

제이퀴즈 그래, 당신은 그분의 수염 모양이 흉하다고 몇
번이나 말했소?

터치스턴 난 감히 간접적 식언의 선을 넘어서진 못했고,
상대편에서도 감히 직접적 식언의 선을 넘어오진 못했
습니다. 그래서 우린 칼을 맞춰 보았을 뿐 헤어졌지요.

제이퀴즈 여보, 한 번 더 그 식언의 등급을 순서대로 말
해 줄 수는 없소?

터치스턴 그야 우린 일일이 교본에 따라 결투하거든요.
이건 당신네들이 예의범절의 책을 갖고 있는 것과 마
찬가집니다. 등급을 말씀해 드리죠. 제1, 예의적인 답
변. 제2, 점잖은 경구. 제3, 상스러운 대답. 제4, 맹
렬한 비난. 제5, 도전적인 반발. 제6, 간접적 식언.
제7, 직접적 식언. 제7 이외의 경우는 피할 길이 있
지요. 제7의 경우도 물론, '만약에'란 말만 붙어 있다
면 피할 수 있는 일이죠. 내가 알고 있는 어떤 사람들
은 일곱 명의 법관도 화의시키지 못한 결투를 당사자
끼리 만나서, 어느 한쪽이 다만 '만약에' 하고 생각하
고, '만약에 당신이 그렇게 말한다면, 난 이렇게 말하
겠소' 하자, 두 사람은 악수를 하고, 결의형제의 맹세
를 했답니다. 그 '만약에'란 말이 유일한 중재자인 셈
이지요. 그 '만약에' 속에는 굉장한 힘이 있습니다.

제이퀴즈   이잔 참 보기 드문 친구가 아닙니까, 공작님?
만사가 그럴 듯한 작자이긴 합니다만, 역시 바보는 바
보입니다.

전 공작   숨어서 자기의 이런 허튼 소리를 마술 도롱이 대
용삼아 풍자를 마구 쏘아대는군.

혼례의 신 하이맨의 가면을 쓴 남자와 그 일행이 본래의 차림을
한 로잘린드 그리고 실리아와 함께 등장. 조용한 음악.

하이맨   (노래한다)

그때 천상에 기쁨 흐르도다,

지상의 온갖 일들

화해가 됐을 때.

공작이여, 따님을 받으시라,

하이맨이 천상에서 데려왔으니,

아, 여기 데려왔으니,

손을 저분 손과 맺어 드리시라,

저분 마음, 따님 가슴속에 앉아 있으니.

로잘린드   (공작에게) 저를 바치겠어요, 저는 아버님 것이
니까요. (올랜도에게) 저를 바치겠어요. 저는 당신 것
이니까요.

전 공작   이 눈이 틀림없다면, 너는 내 딸이로구나.

올랜도   나도 이 눈이 틀림없다면, 당신은 나의 로잘린드

입니다.

피 비 이 눈에 보이는 모양이 진실이라면, 아, 내 사랑은
   안녕히!

로잘린드 (공작에게) 당신이 제 아버지가 아니시라면, 전
   아버지가 없어요. (올랜도에게) 당신이 그이가 아니시
   라면 전 남편이 없어요. (피비에게) 당신이 그 상대가
   아니라면 난 어떤 여자하고도 결혼하지 않겠어요.

하이맨 쉬, 쉬! 조용히들 하시오.

   이제 이 문제들의
   결말을 지어야 하겠소.
   여기 이 여덟 분은 하이맨의 인연으로
   손들을 맞잡게 되오,
   진정으로 거짓이 없다면 말이오.
   그대와 그대는 어떤 불행도 떼놓지 못하오.
   그대와 그대는 마음도 하나요.
   그대는 저분 사랑을 따라야 하오,
   안 그러면 여자를 낭군삼아야 하오.
   그대와 그대는 굳게 맺어지오,
   겨울철과 나쁜 날씨처럼.
   결혼 노래를 부르고 있을 테니
   서로 물러들 서서,

       이렇게 만나고 이렇게 된

       까닭의 의심을 푸십시오.

노 래

       결혼은 대 주노 여신의 영광이로다.

       같이 먹고 같이 자는 행복한 인연이여.

       마을마을마다 식구 늘이는 자는 하이맨이로다.

       그러니 찬미합시다, 성스러운 영혼을.

       찬미합시다, 높이높이 찬미합시다.

       모든 마을의 신, 하이맨을.

전 공작 아, 조카야, 참 잘 왔다. 친딸에 못지않게 널 환

       영한다.

피 비 (실비어스에게) 이제 당신은 내 남편이 되셨으니 전

       약속을 지키겠어요. 당신의 진심이 저의 사랑을 당신

       께 맺어 놓았어요.

       제이크스 드 보이스 등장.

제이크스 드 보이스 한두 마디 알려 드릴 말씀이 있습니

       다. 소생은 고 롤랜도 경의 차남되는 사람인데, 이 아

       름다운 모임에 소식을 가지고 왔습니다. 프레드릭 공

       작은 매일같이 유능한 인사들이 이 숲에 모여든다는

       소문을 듣고 대군을 동원해서 몸소 인솔하여, 자기 형

을 체포해서 목을 벨 목적으로 이 황량한 숲 변두리
까지 찾아왔습니다만, 그곳에서 어떤 노도승을 만나
무슨 문답을 한 끝에, 회개를 하고 그러한 계획과 속
세를 동시에 버릴 결심을 하셨지요. 즉, 자기의 관
(冠)을 추방한 형님께 양도하고, 형님을 따라 귀양간
분들의 몰수지를 모두 다시 돌려 드린다는 것입니다
…… 진실입니다. 이 목숨에 두고 맹세합니다.

전 공작   잘 왔소, 젊은이. 그대는 형제분의 결혼식에 좋
은 선물을 가져왔구려. 한 분에게는 몰수당한 토지를,
그리고 다른 분에게는 토지 전부, 즉 당당한 공국(公
國)을 선물로 가져왔소. 우선 이 숲속에서 우리는 잘
시작하여 좋은 열매를 맺는 일의 결말을 지읍시다. 그
다음, 나와 더불어 쓰라린 밤낮을 참아 온 이 행복스
런 한분 한분은, 각자의 토지의 넓이에 따라 돌아온
행복의 기쁨을 같이 나눕시다. 그러나 잠시 동안, 뜻
밖에 굴러든 권세를 잊고 우리들의 시골 환락을 즐깁
시다…… 자, 웃음을! 그리고 신부와 신랑, 기쁨에 넘
친 넘실넘실 춤들을 춰보구려.

제이퀴즈   공작님, 잠깐만…… (음악이 멈추는 것을 기다려서
제이크스 드 보이스에게) 내 귀가 틀림없다면, 프레드릭
공작은 수도 생활로 들어가고, 호화스런 대궐을 포기

하셨다고 들었는데 사실입니까?

제이크스 드 보이스 사실입니다.

제이퀴즈 나는 그분을 따라가겠습니다. 그와 같이 개심을
한 분께는 듣고 배울 것이 많으니까요…… (전 공작에
게) 이전의 영광에 공작님을 맡겨 두고 가겠습니다.
공작님의 인내와 덕행은 그만한 가치가 있습니다. (올
랜도에게) 당신은 진정을 가지고 획득한 애인과 훌륭한
동료들에게 맡기겠소. (실비어스에게) 당신은 꾸준히
찾아서 얻은 동침자께 맡기겠소. (터치스턴에게) 그리
고 당신은 말씨름에 맡기겠소. 글쎄, 당신 사랑의 항
로는 겨우 두 달분밖에 식량이 지탱하지 못할 테니까
요…… 그럼 여러분들, 재미 많이 보십시오. 이 사람
은 춤하고는 맞지가 않아서요.

전 공작 가만 있어, 제이퀴즈, 가만 있어.

제이퀴즈 오락을 구경하고 싶진 않습니다. 이 사람은 앞
으로 공작님의 소식일랑 버리고 떠나신 동굴에 남아
서 전해 듣기로 하겠습니다. (모든 사람에게서 돌아선다)

전 공작 자, 자, 오락은 시작하시오. 틀림없이 끝은 참으
로 즐겁게 끝날 것이오.

음악과 춤.

끝맺음말

로잘린드　(소년 배우가 분장함) 부인 역으로서 끝말을 보여 드리는 것은 격식이 아닙니다만 남자분의 서사(序詞)보다 그리 흉할 것은 없을 것 같습니다. 좋은 술은 나뭇가지 간판이 필요없다는 말이 사실이라면, 사실 좋은 연극도 끝맺음말은 필요없겠습니다…… 그래도 좋은 술에는 간판에 좋은 나뭇가지를 사용하다시피, 좋은 연극도 좋은 끝맺음말의 도움을 받으면 더욱 빛날 것 아니겠습니까…… 그런데 저는 어떻게 해야 좋을까요? 좋은 끝맺음말을 올리지도 못하고, 좋은 연극으로 하기 위하여 여러분의 호감을 살 수단도 없으니 말입니다! 저는 거지꼴은 하고 있지 않아서 애원하는 것은 격에 맞지 않습니다. 저로서는 여러분께 간청할까 하는데, 부인들에게부터 시작하겠습니다. 오, 부인 여러분, 남자에 대한 여러분의 사랑에 두고 이 연극을 마음껏 애호해 주시기 바랍니다. 다음은 남자 여러분,

당신들의 여자에 대한 애정에 두고…… 당신들의 선
웃음으로 보아 여자를 미워하는 분은 한 사람도 없을
것 같으니까 말입니다만…… 당신들과 부인네들 사이
에 이 연극을 애호해 주시기를 간청합니다. 제가 진짜
여자라면, 제 마음에 드는 수염을 가지신 분께는, 그
리고 제가 좋아하는 얼굴을 하신 분과 제가 싫어하지
않는 입김을 가지신 분께는 빠짐없이 키스를 해드리
고 싶습니다. 그러니, 좋은 수염을 가지신 분이나. 좋
은 얼굴을 하신 분이나. 향긋한 입김을 가지신 분들은
빠짐없이 저의 점잖은 마음씨에 대하여 제가 절하고
나갈 때에 반드시 박수갈채를 보내 주실 것으로 믿습
니다. (퇴장)

셰익스피어의 연보

1564년 아버지 존 셰익스피어와 어머니 메어리 아덴의
    맏아들로 영국 중부 워릭셔 주의 지방도시 스트랫퍼
    드에서 윌리엄 셰익스피어 태어나다.

1565년 1세 때 아버지 존, 시의회 의원에 선출되다.

1566년 2세 때 동생 길버트 태어나다.

1568년 4세 때 아버지, 시장에 선출되다.

1569년 5세 때 여동생 존 태어나다.

1571년 7세 때 아버지, 시의회 의장 및 시장 대리에 선
    출되다. 둘째여동생 앤 태어나다.

1574년 10세 때 둘째동생 리처드 태어나다.

1576년 12세 때 아버지, 문장 사용의 허가원을 내다.

1578년 14세 때 아버지, 집을 담보로 40파운드를 빚내
    다.

1579년 15세 때 아버지, 어머니의 소유지를 팔다.

1580년 16세 때 셋째동생 에드먼드 태어나다.

1582년   18세 때 앤 해서웨이와 결혼하다.

1583년   19세 때 맏딸 스잔나 태어나다

1585년   21세 때 쌍둥이 함네트(남)와 주디스(여) 태어나
　　　　다.

1594년   30세 때 '궁내대신 소속 극단'의 단원이 되다.

1596년   32세 때 맏아들 함네트 죽다.

1597년   33세 때 스트랫퍼드에서 제일가는 저택을 60파
　　　　운에 사들이다.

1598년   34세 때 벤 존슨의 희곡 무대에 출연하다.

1599년   35세 때 '글로브 극장' 개관. 글로브 극장 공동
　　　　경영자의 한 사람이 되다.

1601년   37세 때 2월 7일 '글로브 극장'에서 《리처드 2
　　　　세》 상연하다. 아버지 존 죽다.

1602년   38세 때 스트랫퍼드 가까운 교외의 107에이커
　　　　를 320파운드에 사들이다.

1603년 39세 때 5월 19일 '셰익스피어 극장'을 '국왕 극
  장'이라 고쳐 부르다. ≪햄릿≫ 첫 공연되다.

1605년 41세 때 스트랫퍼드 및 그 부근 토지의 권리를
  440파운드에 사다.

1607년 43세 때 6월 5일 맏딸 스잔나를 의사인 존 홀과
  결혼시키다. 동생 에드먼드 런던에서 죽다.

1608년 44세 때 스잔나의 첫딸 엘리자베스 태어나다.
  어머니 메어리 죽다.

1609년 45세 때 '국왕 극장'이 옥내 극장 '블랙 플라이어
  스'를 흡수. 따라서 '글로브 극장'과 함께 두 개의 극장
  을 소유하게 되다.

1610년 46세 때 고향으로 돌아가 은퇴하다.

1612년 48세 때 동생 길버트 죽다.

1613년 49세 때 3월 런던에 140파운드를 주고 집을 사
  다. 6월 29일 ≪헨리 8세≫ 공연 도중 글로브 극장이

화재로 타버리다. 동생 리처드 죽다.

1616년 52세 때 2월 10일 둘째딸 주디스가 토머스 퀴
니와 결혼하다. 3월 15일 유서를 작성. 4월 23일 윌
리엄 셰익스피어 세상을 떠나다. 4월 25일에 묻히다.

1623년 8월 6일 아내 앤 헤서웨이 죽다.

옮긴이 약력

경성대학 법문학부 영문과 졸업
동국대학교 교수

저　서
≪셰익스피어 문학론≫

역　서
≪셰익스피어 전집≫(전5권)
≪신역 셰익스피어 전집≫(전8권)

뜻대로 하세요　　　〈서문문고150〉

초판 발행 / 1974년　9월 15일
개정판 1쇄 / 1996년　10월 15일
글쓴이 / 셰익스피어
옮긴이 / 김 재 남
펴낸이 / 최 석 로
펴낸곳 / 서 문 당
주소 / 서울시 마포구 성산1동 20—12호
전화 / 322—4916~8　팩스 / 322—9154
등록일자 / 1973. 10. 10
등록번호 / 제13-16

* 잘못된 책은 바꾸어 드립니다